从夏天到秋天

安武林 著

青海人民出版社

图书在版编目（CIP）数据

从夏天到秋天 / 安武林著 . -- 西宁：青海人民出版社，2024.1
ISBN 978-7-225-06615-8

Ⅰ.①从… Ⅱ.①安… Ⅲ.①散文集—中国—当代 Ⅳ.① I267

中国国家版本馆 CIP 数据核字（2023）第 196222 号

从夏天到秋天

安武林　著

出 版 人	樊原成
出版发行	青海人民出版社有限责任公司
	西宁市五四西路 71 号　邮政编码：810023　电话：（0971）6143426（总编室）
发行热线	（0971）6143516 / 6137730
网　　址	http://www.qhrmcbs.com
印　　刷	西安五星印刷有限公司
经　　销	新华书店
开　　本	890 mm × 1240 mm 1/32
印　　张	6.25
字　　数	150 千
版　　次	2024 年 1 月第 1 版　2024 年 1 月第 1 次印刷
书　　号	ISBN 978-7-225-06615-8
定　　价	38.00 元

版权所有　侵权必究

大自然是一本神奇的书

目录 CONTENTS

发芽的笑声　　001
长春花　　007
死不了　　012
捉蜗牛　　018
从夏天到秋天　　025
扶桑小语　　029
根在哪儿　　034
故乡的白杨树　　038
故乡的芦苇　　043
河边青青草　　048
摸　蝉　　053
故乡的春天　　058
童年的菜园子　　062
草筐里的秘密　　074
夏天的味道　　080
晶帽石斛　　087
鼓槌石斛　　091
舌尖上的童年　　095

目 录
CONTENTS

枣影婆娑	100
可怕的：马蜂和土蜂	106
笛声里的童年（外三章）	112
西府海棠	119
快刀乱麻	124
夜半香来	129
地　肤	133
地雷花	140
雨中百草园	144
三棵石榴树	149
苘　麻	155
两盆酢浆草	160
种一点儿菊花吧	165
格桑花开	169
菖蒲养成记	176
最后的桃花	180
辘轳井	183

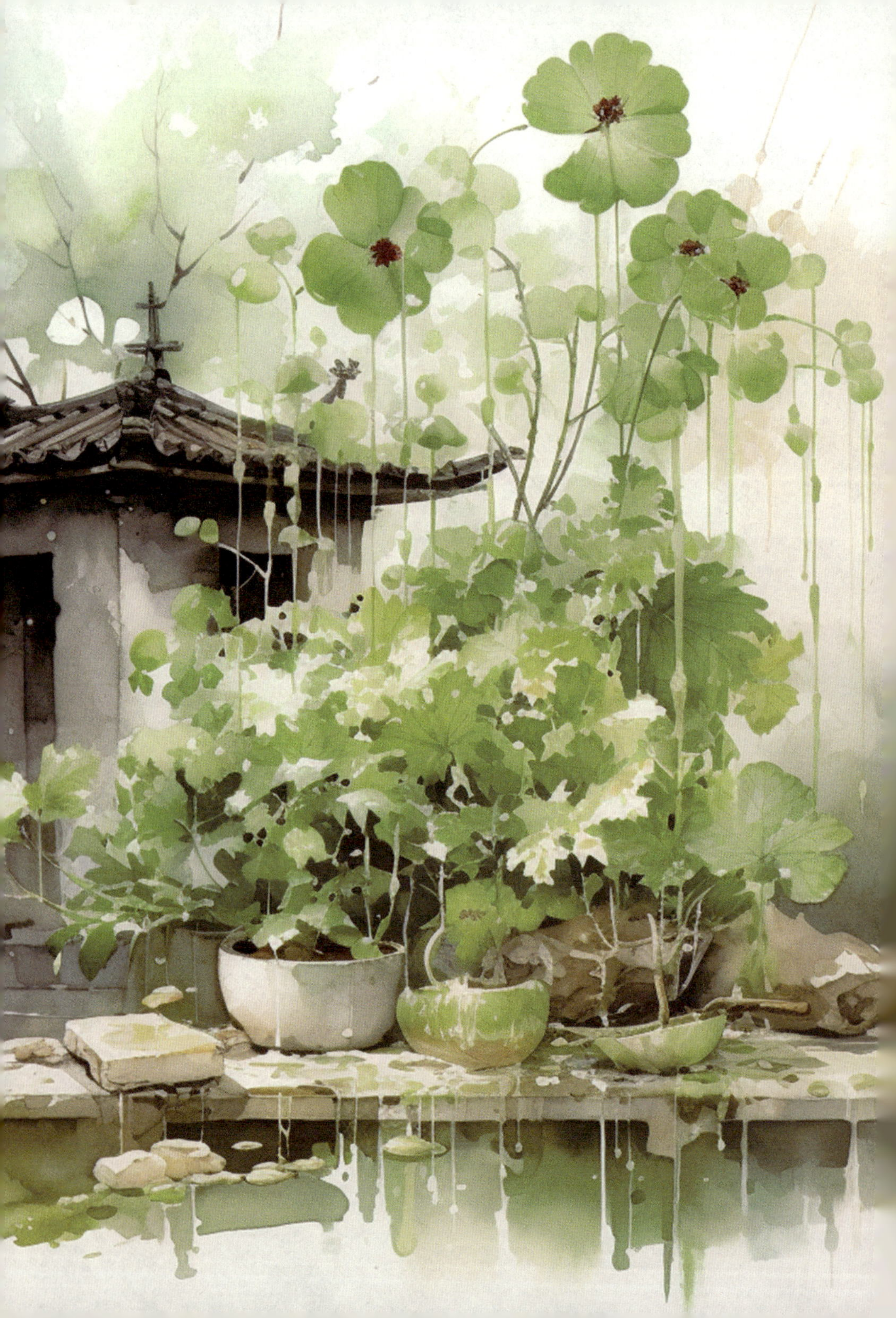

发芽的笑声

就像一场庞大的交响乐团在演出一样,随着指挥棒用力一点,所有的乐器都戛然而止,静止在无边的寂静之中。北京的一场倒春寒,就像指挥棒一样,它让我播种下的种子都蛰伏在土层之下,毫无动静。

三月了,花园里,我播下去的种子毫无动静。土地一副冷峻的表情,对我的焦虑和勤劳毫无表示。难道大地也有一颗冷酷的心?我惴惴不安,忐忑不安,像一只找不到米粒的蚂蚁,惶惶不安。我的目光在每一寸土地上搜索,希望能找出种子冒芽的蛛丝马迹,但是我很失望,很绝望。时光如此漫长,让我每天都怀着满腔的希望去寻找,又失望而归。我总希望明天,明天,奇迹能够出现。自我的挣扎,挣扎在希望和失望的绞杀之中。真是一种折磨,不亚于战争。

我怀疑我是播种得太早了，也许是倒春寒把种子发芽的时间延迟了。这倒不是我最关心的问题，我焦虑和恐惧的是倒春寒把我的种子都给冻死了。习惯网购的朋友一定很不理解我的心情，他们觉得花籽在网上购买是很方便的，我的情绪变化不是不可理喻，就是小题大做。如果他们读过乔治·吉辛的《四季随笔》，他们就能理解我了。乔治·吉辛宁可读自己破烂的、脏兮兮的书，也不愿意去大英博物馆借书读，他的书是他自己买的。我的花籽都是我辛辛苦苦搜集来的，它们来自四面八方。有的是云南带回来的，有的是湖南带回来的，有的是陕西带回来的，有的是广州带回来的，最近的，是我从公园里采集来的。它们带着我的记忆，它们带着它们家乡的气息，还有我们相遇的惊喜，以及我如何小心翼翼地包装它们携带它们。丢三落四的我每一次去外出差都会丢失一些东西，比如帽子，比如杯子，以及其他，但奇怪的是，我从来没有遗落过一次花籽。

　　也许，爱是需要珍惜的，更需要珍藏的。

　　每天都去花园里"打卡"，如果我的眼睛是两粒种子的话，早就在土层里脱颖而出了。种花养草，几乎是我的一项小小事业。面对一言不发、保持沉默的土地，我有些怨愤，难道春风不够温柔吗？难道太阳不够温暖吗？难道我没有付出虔诚和努力吗？抱怨是没有用的，这小小的失败和挫折，令我沮丧。它足以让我明白一个道理：人是多么希望成功，多么渴望鼓励。挫折和失败会打击人的信心，我犹豫不决，变得不自信起来。是挖的坑深了或者浅了？是浇的水多了还是少了？我把一切的罪过都归结在倒春寒的身上似乎并不合理，花籽的生命力真的那么脆弱吗？也许是技术问题吧，我几乎是按照种庄稼的方式撒下这些花籽的。籽粒硕大的，我挖的坑深些；籽粒细小的，我挖的坑浅些。用坑的表述似乎不太准确，我是挖一条条小小的壕沟，把这些花籽撒下去的。

　　花籽是很神奇的东西，它们奇形怪状，大小不一。有的花型硕大，但它的种子却很微小。从常识来说，一般都是花大种子也大。大自然本身就是一本哲学书，如果把常识绝对化一下，那么就走向谬误了。起初的时候，我采集的花籽，都用白纸包裹好，用笔写上花卉的名字，但我是一个缺乏耐心的人，时间一久，便没那么细致了。各种各样的种子都混在一起，装进瓶瓶罐罐里。撒种子的时候，也是混合的，除了格桑花之外。我知道，种子的大小，和发芽的时间长短基本上是正比例的关系，但凡事都有例外，在生活中遇到那种喜欢抬杠的人，他们就喜欢拿例外攻击常规。

　　突然，我想到了一个很严重的问题。记得二楼的大哥，

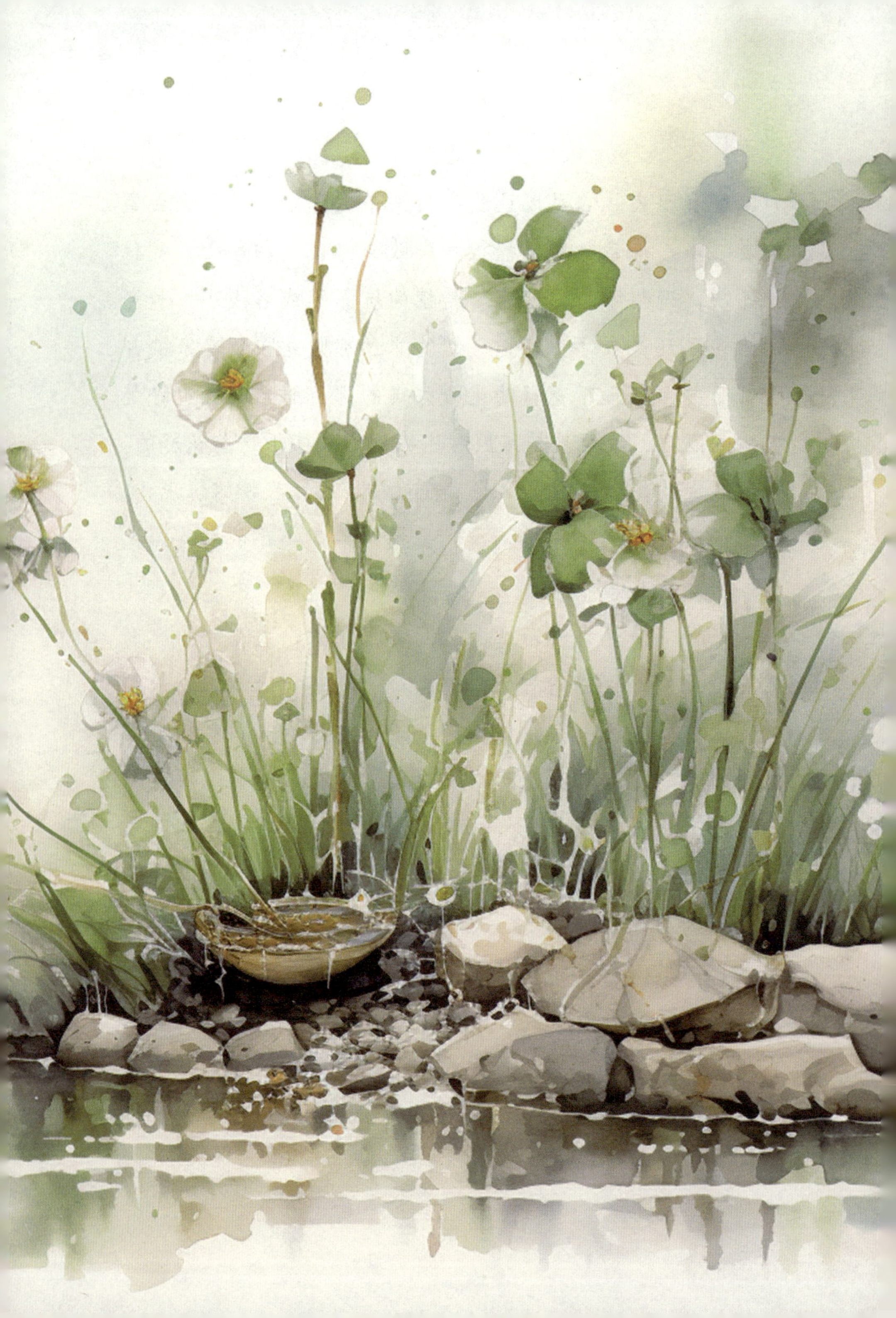

曾经把头伸出窗外，好奇地对我说："老弟，你花园里有什么东西啊，一大群麻雀常常在地里找东西吃。"我笑了笑说："什么也没有啊，种了些花，地里全是花籽。"噢，大哥明白了。原来，这些讨厌的麻雀吃我的花籽。可不是嘛，花的种子，也是麻雀们的粮食啊。尤其是那些像紫苏的籽粒，本身就是芳香植物，可以压油的。难道它们不是麻雀的上等食物吗？嘿，想到这里，我气不打一处来。麻雀，被老北京人称作"家贼"，看来我的花籽全部被这些小偷们偷走了。我生气，沮丧，泄气，甚至有点绝望。可惜了我那些千里迢迢搞回来的花籽。

渐渐转暖的天气和越来越明亮的阳光抚慰着我的心灵，但和煦的春风更有力量，它将我不死的希望吹得又开始蠢蠢欲动了。每天我都去花园看看，恨不得把脸贴在大地上，查看有没有种子冒出芽儿的痕迹。此时，才明白一双明亮而又清澈的眼睛是多么重要。那些刚刚破土而出的种子，那些刚刚冒出芽儿的种子，颜色那么不真实，犹如幻觉，犹如阳光的光线在眼前一闪而过，如不凝神观察，几乎不能发现它们的存在。那纤细的两片叶子，犹如伸开的手掌，似乎想要拥抱太阳，拥抱风。但我实在无法叫出它们的名字，瞅着星星一样的草芽，我忍不住笑了起来。天呀，每一粒种子播种之前，我都能叫出它们的名字。我目睹过它们成长的过程，自信满满，相信自己能够认出每一个老朋友。可是，现在我却尴尬了，它们像婴儿一样，还没有显示出典型的特征来。尤其是那些同一科同一属的花卉，更难区分了。

等等，等等，再等等吧！我安慰自己。叶子大一些的时候，就好区分了。但我知道，有些血缘相近的植物，非要等到开花结果之后才能区分开来。

我一直觉得那些细长叶子的家伙，不是格桑花就是万寿菊什么的。可是，谁能想到让我尽心呵护的家伙竟然是灰菜。

我一个人坐在花园石榴树下的小凳子上，肚皮颤动着，掩饰不住的笑声在空气中飘荡。那些发芽的花花草草们，似乎像我一样，也在大笑。

长春花

第一次听说"长春花"的名字,误以为是"常春花"。按照字义的解释,应为春常在的意思。后来一查,才知道是长春花。我以为是长春的花,有地域特征。不料此花还并非我国本土的花种。原产地中海沿岸、印度、美洲热带地区,我国栽培的历史并不长。那我只能理解为:长长的春天的意思了。长春花还有不少的别名,如日日春、日日草、日日新、三万花、四时春、时钟花。

楼上一对夫妻,见面常打招呼。有一天,我在花园里劳作。他们两口子站在黄杨的栅栏外热情地向我打招呼:"兄弟,你种长春花了吗?"我说:"没有啊,我第一次听说呢!"大哥和大姐你一言我一语,轮番向我介绍长春花的迷人之

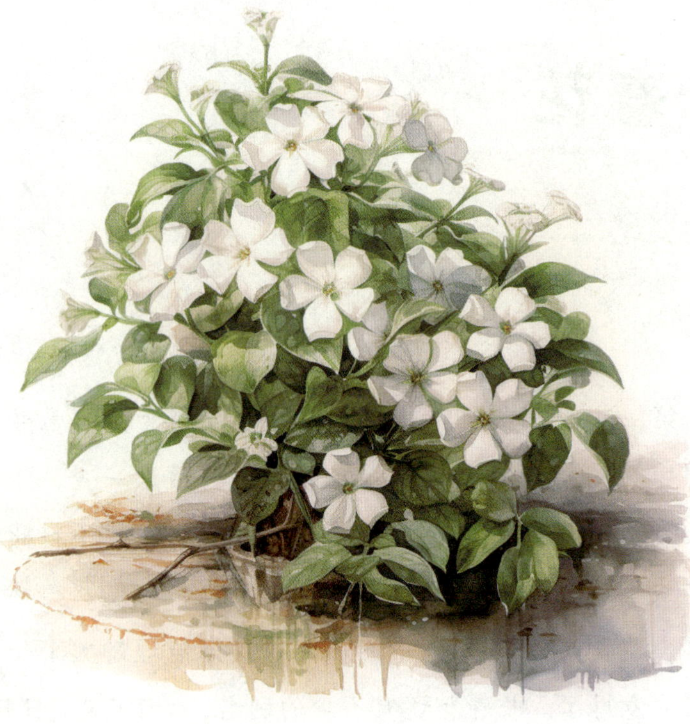

长春花

处,还介绍自己种长春花的心得体会。他们家种了七八盆,可漂亮啦,一年四季花开不断。他们鼓励我也种,承诺过些日子给我种子。他们的热情,我实在无法拒绝。说实话,最优秀的推销员也比不过他们。就好像我多年前的朋友向我推荐一本好书一样,他的轮番轰炸让我心惊胆战,我不读有犯罪感,我不读我们友谊的小船很可能就翻了。

不知道过了多久,不知道推荐过多少次了,到播种的时候,他们两口子果然给我带来了种子。我是个有焦虑症的人,凡事都喜欢往坏处想,万一撒下的种子不能发芽呢?基于这样的焦虑和紧张,我采取了一个稳妥的办法,多处多地撒种。花盆里种几盆,地里多处撒种。这一种倒好,他们两口子隔三差五就来询问:"发芽了吗?"我很无奈地说:"没有!"他们种的已经发芽了。当我的种子发芽的时候,他们说:"哎呀,才这么小。我们家的很高了。"这不过是很平常的对话,话语里却显示着居高临下的优越感。他们这种人在人群中可不少,但像我这样的人也不少。反过来说,这是应该的,毕竟花种是人家给我的嘛。无所谓,有苗不愁长。再说了,室外养花与室内养花总是有差别的。

长春花是夹竹桃科的。夹竹桃是有毒性的,长春花也有毒性。是不是这一科的植物都有毒呢?我没有查过,但我知道它们都属于中草药种类。长春花的叶子,像覆盖了一层塑料膜，太阳的光线照上去总有一团光晕。起初，叶片的颜色是嫩黄色的，壮实以后开始变绿。叶子中间的一条长长的叶脉非常醒目，叶片的朝向不规则，有的向外鼓着，有的向内收着。花茎近方形，但因为是幼苗，并不是特别明显。小苗长到两寸高的时候，大哥和大姐又来问："开了吗？"我说："没有，急死人了。"他们大笑："我们家的全开了！"我在朋友圈里，看到安徽的朋友"打卡"花王，是一大盆盛开的长春花，漂亮极了。我首次播种，没有经验，我并不知道它们的株型有多大，到底应该留多大的间距，所以，有的花盆里一株，有的两株，有的三株，零零散散，不成气候，不成气势。

长春花属于亚灌木，略有分枝，高达60厘米。我种的长春花，在高15厘米左右的时候，开出了第一朵花，有略微分枝的迹象。花朵五瓣，粉红色的，好像此花的颜色并不繁多，有红白两色。花瓣中间，有一个点，美人痣般美丽。几乎是贴着花瓣的边缘，第二朵花苞比大麦粒大一点点，挨着花瓣边缘冒出来了，直立着，像是要和花瓣说话。三四天以后，第一朵花坠落在花盆里，只有一个花苞挺立着，在它之下，又有一个花苞冒出来了。花儿的接力赛，次第开放，都很形象地展示了花开的过程。不知怎的，看到长春花，我的脑子里总会冒出玻璃翠的样子，依稀中，它们像一对姐妹一样摇曳生姿。

　　送我花籽的大哥和大姐，路过花园的时候，我很激动地对他们说："我的长春花开花啦！"大哥爽朗地说："看见啦！"我激动，感慨，惊喜，是因为我陪伴我劳作，深深体验了栽培长春花过程的不易。我想大哥的心里，一定是美滋滋、甜滋滋的，成就感满满，毕竟，他喜欢、钟情的东西与他人分享了。

死不了

我正在花园里劳作，突然听见耳边一阵断断续续的问候："老不死的……好啊……"

我恍惚了，这是谁呀？谁和谁打招呼呢？

敢称"老不死"的，一般来说，一种是熟悉得不能再熟悉的好朋友，这是亲昵的称谓。另一种，就是交恶的、敌对的关系，才会用这种恶毒的方式称呼他人。

我放下手头的铁锹，朝黄杨隔离的栅栏外瞅了一眼。哎哟，只见一位大姐正笑眯眯地望着我。我向两边看看，确定无人，才意识到她是在和我说话。不消说，一股怒气从我的脚底板窜上来了。我感觉自己的脑袋"轰轰"作响，身上的血管像一条条奔涌的小溪一样汹涌澎湃。

我闭上眼睛，咽了一口唾沫，平息了一下愤怒的情绪。

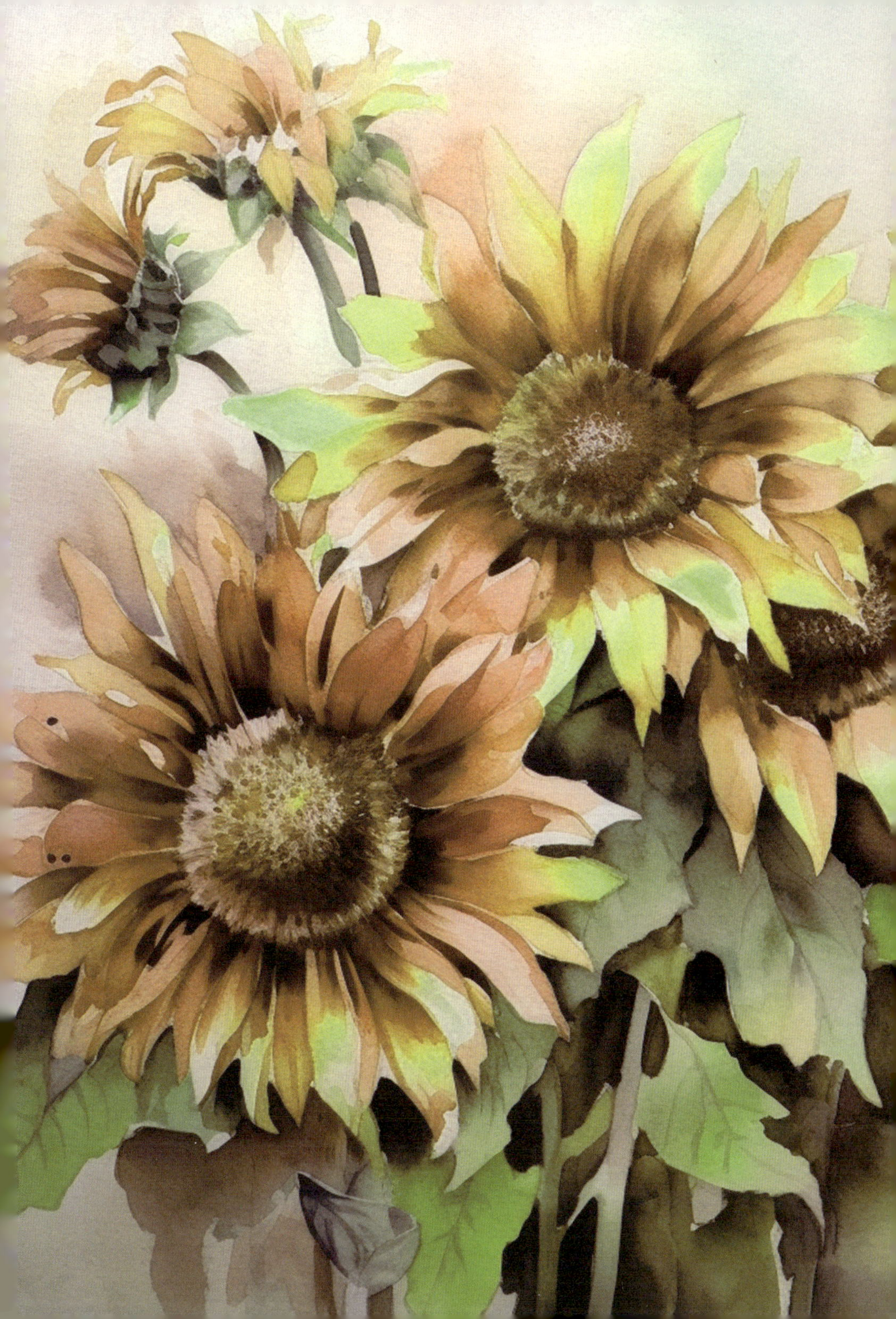

然后用冰冷的眼神，恶狠狠地瞅着对方。

那位大姐提高了声音，又说道："死不了……长得挺好啊！"

她的目光掠过我的肩头，向我窗前的花架子扫射过去。我略微迟疑了一下，好奇地转过脑袋，恍然大悟。

哎哟。原来，她是在夸我种的太阳花长得漂亮，颜色好看。我赶紧咧开嘴，向她笑笑。

我闹的笑话，或者说误会，是很容易解释的。就如同我们习惯称呼鲁迅一样，有人提周树人，我总是停顿一下才会和鲁迅发生联系。太阳花的别名叫死不了，这个别名也是有地域特征的，不是众所周知的。至于"老"字，纯属我的注意力不集中，思维下意识地做了一道填空题，自己加上的。

死不了，是别名，我不知道的是，太阳花也是别名。它的学名叫大花马齿苋，是马齿苋科的。据我所知，萱草之中，也有一种叫大花萱草的花卉。从字面意义上理解，无论是大花马齿苋还是大花萱草，其花朵都比马齿苋和萱草的花朵要大得多。植物的名字，不管是学名还是别名，总是涵盖了一些特征在里面。

太阳花，大意是指这种花向阳而开，夜晚闭合之意。更重要的是，它特别喜欢阳光，如果把它放在阴暗和潮湿的地方，它就是一副病歪歪的样子，弱不禁风，有气无力，而且花朵开得极小极小。死不了这个别名，注重的是它的生命力，是指这种花非常容易养活。用种子养育，扦插，均可。我个人的经验，扦插比撒种子栽培效果更好。

我第一次见到太阳花的时候，脑子里浮现的是小时候屋顶上瓦片缝隙里生长的瓦松。二者的区别只不过是粗细和大小。它们的形状粗看很像，细看，不一样之处还是很多的。太阳花的叶子是细圆柱形的。叶子是绿色的，灰绿色的。茎，我见过的颜色只有两种，一种是暗红色的，和马齿苋的颜色一模一样。另一种是淡绿色的。太阳花的颜色非常丰富，有红色、橙色、蓝色、白色、紫色、绿色、黄色等。令我没有想到的是，它的原产地是南美、巴西、阿根廷、乌拉圭等地，是一个地地道道的外来品种，但现在在我国各省几乎都有栽培。

太阳花在我的眼里，是一位公主，而它的卫队和随从就是那些叶子。它不像别的花卉，叶子都想与花朵争艳，那些细圆柱形的叶子从不遮挡花瓣的视野，老老实实本本分分地担任配角，忠诚地守卫着公主。它们没有存在感，也不需要存在感。正因为这种反差极大的衬托，太阳花反而显得更娇艳，更醒目，更高贵，更气度不凡。

太阳花在室外的栽培，我几乎没有见过，仅在社区一个住户窗外的地里见到过，但我并没有感觉到在地里种植太阳花的益处。也许是它的株型太矮小的缘故吧,我觉得太阳花似乎更适合盆栽。在大大小小的花盆里,我种了十多盆太阳花。若有人喜欢,我总是慷慨地送出一盆。虽然在公园里常常可以看见"勿折花木"的警告牌,但对于太阳花这种独特的花卉而言,它倒是欢迎人们采摘。太阳花见不得丰沛的雨水,大旱它倒是不怕。即便花盆里无一点儿水分,在干土中生长数日,它依然长势喜人。换作其他的花卉,早就干死了。

太阳花是结种子的,无论在花盆里还是在地里。第二年,这些细小的种子依然可以冒出芽来,所以,太阳花极容易养活。但有一种太阳花,很麻烦,它不结种子,只能靠扦插来延续生命。我养的这种无籽粒的太阳花,花瓣比一般的都大,像小茶碗那么大。大多数的太阳花,只开一朵便结籽,而它一般都要开两朵。一朵花谢了,你会发现,另一个花苞在旁边已经跃跃欲试了。

我养的太阳花,最早几乎全是单瓣的。后来发现,重瓣的别有风韵,我又下意识地开始扦插重瓣的太阳花。单瓣的太阳花,一般是五瓣。单瓣和重瓣的区别,在于花层上。五瓣,只有一层,就是单瓣。两层及两层以上的,称重瓣。我的太阳花,最多的只有三层。其实,很多人扦插的时候,用手指一折,就扦插在花盆里。而我总是小心翼翼的,用

死不了

花剪剪断，保持切口的平整，这样有利于切口大面积接触土壤和水分。

　　从太阳花的身上，我发现了一些共同的东西。比如说，花朵五瓣，这样的花卉不胜枚举。而昼开夜合的花卉，也为数众多。比如我种的牵牛、害羞草。我想到更多的东西是，也许，越是普通的花卉，生命力越顽强。越是高贵的花卉，生命力反而越脆弱。正如死不了这个名字一样，它倒是我往昔岁月的一种真实写照，在疾病、贫困、苦难的挣扎中，我也曾顽强过、美丽过。

捉蜗牛

今年,北京的雨水格外丰沛。大雨小雨,隔三差五就来那么一次。炎热的夏天,还没感觉怎么热呢,就灰头土脸地溜走了。

万物生长的确是要靠太阳的,但没有雨水的滋润,恐怕太阳就成了恐怖的杀手。可是,雨水一多,也是一件苦恼万分的事。尤其是那些喜欢在室外养花花草草的人,那雨声点点滴滴都是敲在心坎上的。没有什么快乐的涟漪,只有痛苦的痉挛和抽搐。长在地里的花卉,是没有办法移动的,所以那些盆栽的植物心里都是窃喜的。

养花的朋友抱怨,辣椒苗一米多高,像小学生一样。只长个儿,不开花结果。蔬菜嘛,都快变成观赏植物了。可是,辣椒苗有什么值得观赏的呢？小小的白花，朴素，花蕊黄黄的，如果能扩大几十倍，那倒是可以和水仙呀扶桑呀平起平坐的。但它太小了，比一粒黄豆还小，且羞怯地躲藏在叶子下面。它全部的梦想和荣耀，都在辣椒串串上面呢。

我最怕雨天，大雨小雨都怕。只要有雨，我在地里养的花花草草上面，就会爬满大大小小的蜗牛。小的如绿豆，大的如玻璃珠。它们伸着细长的触角，快活地吞噬着花草的叶子。可怕的是，一朵万寿花上面，会爬好几只蜗牛。它们抱成团，像蜜蜂守在蜂巢上面一样。这些可恶的蜗牛，用不了几天时间，就能把一株月季花的叶子吞个精光，只剩下光秃秃的枝条。不管是小青虫还是蜗牛，它们吞噬叶子的凶猛劲儿，一点儿不输蚕宝宝吞桑叶时的疯狂劲儿。

说起来可笑，几十年来，我一直保持着最初童年对蜗牛的认识，觉得蜗牛土生土长，像蚯蚓一样，是吃土的，而且，它是一种益虫。小时候，我是多么喜欢蜗牛……

小时候，我是多么喜欢蜗牛呀。星期天，或者假期，我和小伙伴们相约去打猪草。在层层梯田的埂上，常常可以看见白黄相间的小蜗牛，它们大多数都是已经死了的蜗牛，只剩一个干硬的蜗牛壳。蜗牛壳很漂亮，白色是底色，黄色一般都是盘旋起来的条纹。我们在打猪草的间隙，喜欢捡蜗牛壳。每个人的手里、衣兜里，都塞满了蜗牛壳。我们对一种顶蜗牛壳的游戏十分热衷和痴迷。我拿出蜗牛壳，和另一个伙伴顶蜗牛壳。尤其是蜗牛壳最中心的、凸出来的部位，我们用食指和大拇指捏着，大一点儿的蜗牛用食指、中指和大拇指捏着，对准对方蜗牛壳最中心的部位，开始用力顶，谁的蜗牛壳被顶得凹下去，或者中间碎裂，便是失败了。然后，从兜里再掏出一枚，继续顶。百战百胜的蜗牛壳是不存在的，永远的霸主或者说霸王以及老大是不存在的，它最终总会被另一枚蜗牛壳顶下去。激动，欣喜，欢呼，失望，叹息，我们很迷恋这种游戏。

我出生在北方，一年四季干旱时间多又长，所以，我们见的都是小蜗牛，圆圆的，扁扁的，白黄相间的。像玻璃珠那么大的、暗绿色的那种大蜗牛，我们是很少见的。而且，大多是已经失去了生命的蜗牛壳。对于那些还活着的蜗牛，我们从不去捡，更不会拿它去玩顶蜗牛的游戏。那样，太残忍了。也许，这是天性中存在的一份善良吧。不能否认，我们对这种软乎乎的东西，也有一种本能上的排斥、反感、厌恶。不过，它毕竟对人不会造成伤害，所以，我们都没有什么恐惧感。更多的时候，我是一个人去打猪草，一个人玩顶蜗牛的游戏。我左手拿一只蜗牛，右手拿一只蜗牛，相互用力顶，乐此不疲。

我们的村庄里，家家户户基本都有树，但是几乎没有草地。庄稼地,和村子也有一段距离。由于环境和地域所限,我们并不能像南方的孩子一样,随处可以和蜗牛近距离接触。我们能接触到的蜗牛,都在田野上。而且,基本都是蜗牛壳。偶尔能遇见一只在树上攀爬的蜗牛,我总是好奇地盯着它观察,鼻尖几乎都能贴到树上。我看不出特别的东西来,只能看见它两只竖起来的触角。肉乎乎的、细细的触角伸向天空,像过去小黑白电视的两根天线。它蠕动着,爬行过的地方,有一条湿漉漉的、黏糊糊的湿线。蜗牛爬行得太慢了,让人很着急。瞧着它一点一点慢慢蠕动的样子,我都忍不住想问问它:"你想去哪里呀,我送你吧。"

很多年后,我在南方一些作家写的散文和小说中,零星小雨一样看到过捉蜗牛的文字。未经展开的文字只是一笔带过,如同上厕所、吃饭、睡觉一样,我自己觉得自己读懂了。法国不是有大蜗牛吗,法国蜗牛法国鹅肝据说都是大餐,我们也有,不然为什么南方人要捉蜗牛呢。这种暗绿色的大蜗牛,比乒乓球略小一些,肉是灰不灰、绿不绿、紫不紫、黑不黑的混合色,而那种白黄相间的小蜗牛,哪儿有肉呢?不过,小小的蜗牛却能给人大大的联想,至少可以让我想象到大海,在海边,那些贝壳的质地和色彩,与小蜗牛极其相似,好像它们之间有共同的血缘关系。我无意做这样的考察,而且也没有这样的能力,只不过我想象的翅膀飞到这儿了,才把它们拉在一起。海洋变陆地,这些蜗牛从海里被抛弃在这里不是不可能的。我得郑重其事地提醒大家,我这是想象的而非科学的评价。

窗外的那块地,长十二步,宽十一步,差不多是方方正正的。自从开始种花养草,我就开始和花花草草的天敌们斗争了。小青虫、腻虫、花椒凤蝶幼虫,这些虫虫吞噬叶子和幼芽的本领超强。我努力忘却童话的美好,尽量把善良小心翼翼地收藏起来,无情而又残暴地消灭害虫。最初,我并没有注意到蜗牛,或者说并没有意识到蜗牛的危害性。无论是一场大雨还是小雨之后,大大小小的蜗牛铺天盖地,好像是从天空和雨水一起掉下来的。目力所及,尽是它们的身影。望着趴在高高的树上的蜗牛,耳边响起了《蜗牛与黄鹂鸟》的歌声,我开始怀疑人生了,蜗牛爬行的速度真的很慢很慢吗?想想人在婴儿时期不会走路的样子吧,胳膊、腿、屁股,匍匐前进,那一寸一寸挪着的速度也很快呢。躲不过蜗牛,但我真正的心思还是在虫子的身上。城里的孩子不知道见过虱子没有,花卉叶子上的腻虫密密麻麻的,样子和虱子倒有几分相似呢。有人说腻虫也叫旱虫,旱情严重时容易泛滥;也有人说腻虫叫蚜虫,棉花地里最多。各类虫子,尤其是软体的,我有一种本能的厌恶和恐惧。小时候,我们给生产队的棉花地里打农药,1059、3911,

那都是剧毒的农药。心里的快感、成就感、自豪感、英雄感、崇高感纷至沓来，好像一大块棉花田里的腻虫，都是被自己消灭干净的，可惜的是，我不能像战场上的英雄们一样统计自己的杀敌数字，更没机会得英雄花之类的荣誉和表彰。我拿的是工分。

镇压了各种害虫，但我意外地发现，有的花卉依然有被侵袭的痕迹。这一次，我不得不把注意力集中在蜗牛的身上。它成了攀附在各种花草叶子上的唯一昆虫。小青虫吞噬植物的叶子，比如说月季的叶子，它非啃得一干二净不可。残留一些没有任何汁液的叶脉，如同网格似的叶子形状。它们很称职很敬业，不把一枚叶子啃干净绝不肯去换一片叶子。一米多高的月季，用不了一两天的时间，全部的叶子都会被消灭掉。有时候，我会发现在同一片叶子上，在不同的方位，数条小青虫全面包围叶子似的疯狂地吞噬，速度惊人。而新出现被侵袭的痕迹，与小青虫侵袭的特征不同，这些叶子都是或者被吞去一角，或是一边，或是一个半圆，或是一个圆洞，整片叶子被吞掉的现象并不存在。我的眼睛一眨不眨地凝视蜗牛的时候，终于发现，罪魁祸首原来是蜗牛。正如科普知识所言，薄荷、藿香、紫苏、辣椒这类有浓烈刺激的植物，蜗牛一般是不碰的，很少能看见它们的叶子上攀附着蜗牛。不知道什么缘故，长寿花的叶子上，蜗牛最多。一片叶子上，趴着好几只蜗牛。真不知道是长寿花的叶子吸引了它们，还是其独特的气味让蜗牛们欣喜若狂。八宝景天肥厚的叶子，有几片莫名其妙地枯萎掉了，在背面，我发现有蜗牛趴在上面。毫无疑问，虽然没有明显的被咬的痕迹，但毫无疑问也是蜗牛干的。厚实的叶片，一旦枯萎之后，被侵害的证据会被消灭得无影无踪。

蜗牛的危害性被我发现之后，雨中、雨后，我都会全力以赴和蜗牛大战。尤其是小雨还在淅沥的时候，花园里一片泥泞，而那些蜗牛们，大大小小的，都闪亮登场了。树干上，黄杨的叶子上，尤其是长寿花，一株长寿花上会趴十多只蜗牛，真怀疑它们是一家一家的，全体出动，在雨中野餐一样。最多的一次，我能捉几百只蜗牛。像玻璃珠那么大的蜗牛，到底是珍贵品种，一次最多能搞到几只。我对付蜗牛，没有像对付小青虫、腻虫那么心狠手辣，我只不过是把它们丢得远远的，让它们自求多福，毕竟，它们还活在我的童话里，在我的童话里它们还是那么可爱。有时候，我会在心里问自己："童话是什么？也许，它是人心对美好与浪漫的一种渴望吧。"我们赋予这个世界美好品质的同时，它也反证了我们心灵的美好和善良。一只蜗牛不是童话，一只背着重重的蜗牛壳四处旅行的蜗牛才是童话。不过，捉蜗牛的时候，我心里只有愤怒，我要代表那些被蜗牛伤害过的植物们，审判蜗牛。

从夏天到秋天

夏天,窗外的石榴树绝对是一景。如果仅仅是石榴树,那就没什么惊喜和期待了。关键是石榴树上,比拇指还要粗壮的凌霄花攀援而上,花儿朵朵盛开,让路人惊讶又充满疑问:"你那是什么树啊,那么多花?"

单单石榴树的话,没有人不认得。但石榴树开出的花朵不是石榴花,那就让人疑虑重重了。看来,人们喜欢明晰的事物,喜欢简单而不复杂的大自然。石榴树下,被高大的藿香、席地而坐的地雷花以及薄荷所笼罩。

在树和花草的笼罩之下,我藏着一个小小的长方形的鱼缸,是邻居大哥给我的。他让我做盛水的容器。社区绿化带的自来水管里,使用的是再生水。如遇大旱或者供水系统有了故障,那么,数日缺水,我养的花花草草可就遭殃了。所以，我储备了大量的盛水容器，如塑料桶、铁皮桶，还有这鱼缸，我把它们储满水，以备不时之需。

　　只是这鱼缸，让我担忧。我怕它所盛的水会发臭，也怕它变成蚊虫的乐园。夏天嘛，这不流动的水，几天便会发出难闻的气味，水里会出现密密麻麻蚊子的幼虫。它们像是在扭秧歌一样，快活地扭动着身体。好不恶心。

　　每一次，我到石榴树下，都会下意识地深呼吸几下，闻闻水有没有发酸发臭。因为阴影重重，我看不清水的颜色，只有上面飘落的一两朵凌霄花，在水里晃悠。其实，是我的眼睛在动，脑袋在晃。不过，我总觉得那些水黄黄的。

　　我知道，薄荷、藿香这些植物有驱蚊虫之功效。但我不知道这算是科学，还是经验。在我看来，科学都是实验和实践出来的结果。在薄荷丛或者说藿香丛中遭遇蚊子，我总怀疑它们的正确性。也许，它们是需要条件的，或者说是需要空间的。无论如何，我不喜欢科学遭到质疑，但我喜欢文学遭遇意外。

　　这一鱼缸水，无异于一颗定时炸弹，让我惴惴不安。从夏天到秋天，除了北京的雨水丰沛之外，社区供绿化灌溉使用的水非常及时，所以，鱼缸里的水始终未曾使用，也未曾更换。

　　有一天，我终于忍不住了，用塑料瓶子灌点水。哎哟，

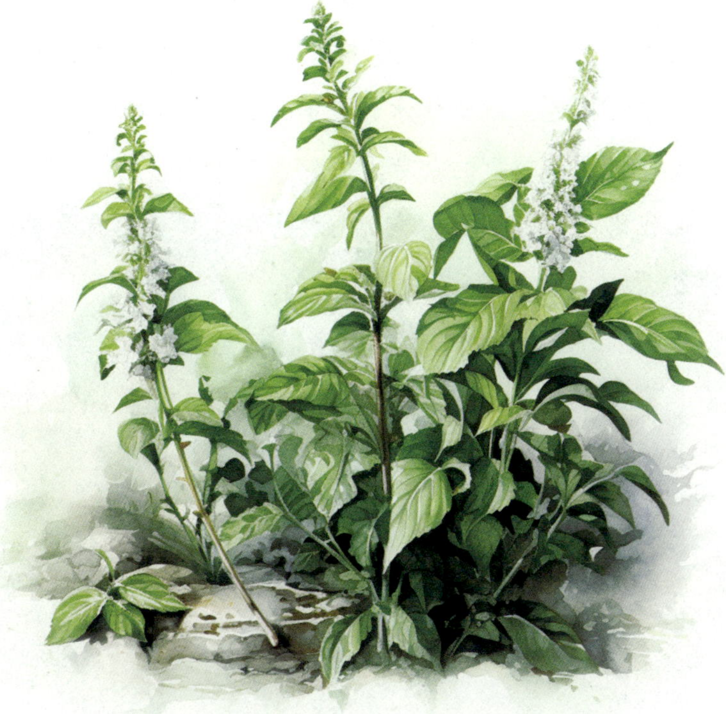

水清凉、清澈，好像山泉水一样。闻闻水，不仅没有臭味，反而有一种淡淡的薄荷香味。我觉得很奇怪，难道是空气中的薄荷气味？薄荷已经盛开了青紫色的花朵，它们像保护小弟弟一样，覆盖在鱼缸的上面。而在石榴树两尺以外的水桶里，水只要放三五天不用，那就成蚊子最适宜产崽的基地了。但这鱼缸里的水，没有一只蚊子的幼虫。

也许，真是薄荷的功劳。肯定是！

但我忍不住想说另一句话："也许，薄荷还有改善水质的功效。"

从夏天到秋天，我一直隐忍着。毕竟，这是文学的观察，而不是科学的实践。终于，我憋不住了，向青紫色的薄荷花投去钦敬的一瞥。

扶桑小语

邻居大哥送了我一根小小的木棍，一拃长、食指那么粗的小木棍。他告诉我说："这是扶桑，从日本带回来的，你种吧！"

"扶桑？"我像傻掉了一样，把这根小木棍在手里转来转去，不太相信地瞅着。木棍是褐色的，怎么看，都是一截枯干的小木棍。

扶桑，我是知道的，一种花卉。邻居大哥的女儿女婿从日本带回来的。

该不是被骗了吧？我心里这么想，却没有告诉邻居大哥。我看了看，小木棍的截口，好像被蜡涂上了，封住了口子。这蜡，被染成了红色的，像电影里日本的战斗机上涂的红膏药一样，颜色一模一样。这个倒是像日本货，至于能不

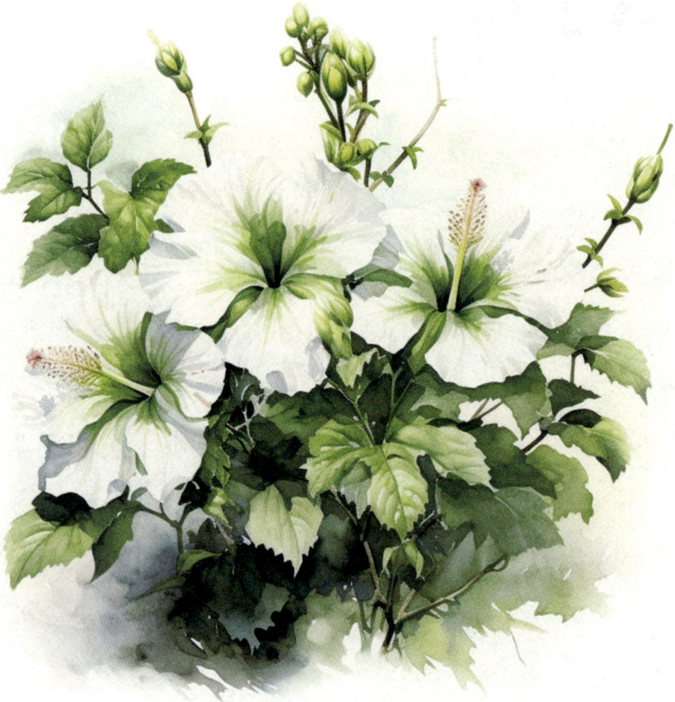

能成活，那就要检验一下了。不过，我是没一点儿信心的。

我不知道是不是和邻居大哥同时种下去的，但是，我种下去之后就天天盯着花盆开始观察了。说来好笑，我的心里很矛盾，也不知道哪一种心理成分所占的比重更大些。

我既希望扶桑成活，又不希望扶桑成活。希望成活的心理阳光一些，不希望成活的心理阴暗一些。后者，大约是人性阴暗的心理吧，人人有，但不容易说出口。社会的复杂，人性的复杂，都是这种阴暗而又自私的心理造成的。

感谢大哥，但我想我的笑容不那么灿烂。因为我感觉到了，我的脸颊有点儿僵硬。

突然，有一天，邻居大哥说他种的扶桑开始发芽了，顶破土层了。他问我的咋样，我说我的还没动静呢。

日子一天天过去，邻居大哥家的扶桑，都快长成一棵小树了。而我的，恐怕永远也出不来了。邻居大哥身子很挺，努力往上挺，看到我的花盆时，身子略微低了低，对我的不幸以示同情。

邻居大哥送了我一盆，很慷慨。原来，他还种了一棵。哎哟，我真怀疑自己的种花水平了。我可得虚心学习了。

扶桑这东西，叶子比桑葚叶子还要深绿，但给人的感觉皱皱巴巴的，像那种皱褶的花纸一样。似乎永远不可能平平展展的，那小小的枝干，像是上了一层釉一样闪闪发光。

纤细的枝条，生长得挺快。

我问大哥："这是不是长得太快了，枝条太细了！会影响开花吗？"

邻居大哥像一个园艺师一样，用很专业的语气告诉我："要剪枝，让枝干憋粗一些。"我特意看了看大哥剪枝的情况，心中忐忑。原因是，大哥能下得了狠手，而我不忍心呀。万一，万一，大动手术把扶桑弄死了呢？

我剪枝的时间，比邻居大哥要晚得多。他留得短，我留得长。过不了多久，我就看见邻居大哥家的扶桑枝条果然比我的扶桑枝条要粗壮得多。

有一天，邻居大哥和大姐在家里嚷嚷，大哥说叫扶桑，大姐说叫木槿，最后大姐抬高嗓门说都是木槿科的。我觉得奇怪，不会吧，木槿花我见过，和扶桑的叶子、花朵差别可不是一点点。木槿的叶子，大，干巴巴的，没有油性，给人的感觉涩得要命，好像缺水一样。那叶子，比扶桑的叶子要皱巴多了。

我科普了一下，哎哟！别说，这两个还真有血缘关系。扶桑叫朱槿，也叫红木槿。它们同是锦葵科的，木槿属的，植物学上的分类很复杂,科的级别比属的级别高。如此说来，扶桑叫木槿也是没错的。正如男人和五十岁的男人一样的道理。

也许是邻居大哥下手太狠的缘故,他的扶桑都长成一棵树了,可是,却不见结花苞,更不用说开花了。当我家的扶桑摇摇晃晃结出花苞时,邻居大哥家的扶桑还没动静呢。我观察了一下,这个扶桑是顶端结苞开花的,邻居大哥打掉了顶,冒出来的顶还是新芽呢,不管它别的地方都如何成熟、粗壮,但开花的地方却太幼嫩了。我的枝条虽然纤细,但开始结花苞了。花苞筒状的,像是一捆纸卷起来一样。有趣的是,一两个小时之后,它突然开了,五瓣的花朵,鲜红鲜红的,尤其那个长长的花萼,像是一条长长的舌头。但我不得不说,扶桑的花期太短了,一天就结束了。凋谢的花朵,气息奄奄,外露着长长的舌头,像是在做最后的告别和表白。

我对邻居大哥说:"我家的扶桑开了!"

邻居大哥说:"是吗?我家的还没开!"

我说:"你家的开得晚,但肯定花朵大、多!"

邻居大哥说:"嗯,到时候看!"

我这不是客气,也不是给邻居大哥说好听的。我们两家有凌霄花为证,事实的确如此。

根在哪儿

溜溜的那棵树吗,是什么树,现在我还没有搞明白。

叶子,倒很像柿子树的叶子。不幸的是,它从来不结果实。

十多年了,一直如此。

有一根丝瓜蔓子爬了上去,开了花,结了果。

细细的丝瓜,像是一根小黄瓜。

嗯,树根深,不需要浇水。但这丝瓜,根浅且又结了果实,我应该给它浇点儿水。

我拿着马勺,在树根下,在树坑里,找啊找。奇怪,怎么也找不到丝瓜的根在什么地方。

我的腰硬了,脖子酸了,叹口气,抬头望了一眼丝瓜,

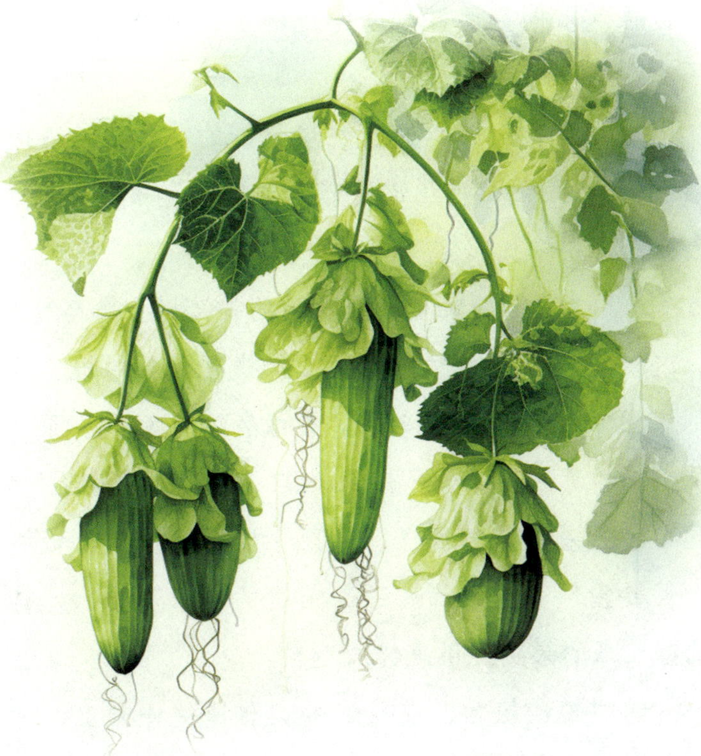

嘿嘿嘿。

我笑了，笑得都快笑出眼泪了。我呀，真傻，一直盯着下面看了，也难怪找不到树根。我怎么不往上面瞅瞅呢？

这根丝瓜的蔓子，是从旁边的杏树上攀援过来的。杏树不大，也不小，像一柄大伞。

围着杏树找一圈，没有发现丝瓜的苗，但丝瓜的秧子在杏树枝叶间拉了好几道蔓子。这一次，我变得聪明了，顺着蔓子往空中找。

哈，原来，丝瓜的蔓子是旁边的香椿树上攀爬过来的。

这一次，在香椿树下很轻松就找到丝瓜的根。从地里根部冒出来的丝瓜蔓，变成了墨绿色的，颜色很深，像是暴跳出来的青筋一样，很显然，大自然赋予了它神圣的使命。它既要拖拽着丝瓜的蔓子，不至于让蔓子把丝瓜根拖拽出来，又要输送养料给那些不断前进的丝瓜蔓子，尤其是要给那些丝瓜的果实提供足够的养料。

一切的攀援植物，在我们的文化道德评判上，都是不那么光彩的。我们对它们的爱，总会受到一些文化的阻隔。毕竟，它们就是需要攀附。无所依附的攀援植物都生长得不太美妙。它的美，它的果实，都会大打折扣。

难道它不值得敬佩吗？我问自己。

一根丝瓜苗，拉了好几米长，越过三棵树，真像凌空飞渡一样，令人惊讶。它的抓手，那么纤细，却把树枝抓得那么紧。北京风大，九级的大风都会把树刮倒，把树枝刮断，但在风中摇摆的丝瓜，却无论如何也掉不下来。

这是根的力量，抓手的力量。

不过，我却会想到一个毫不相关的问题。每当认识一个新的朋友，我和他聊天的时候，总会在心底固执地提出一个问题：他的根在哪儿扎着呢？

这是精神之根，心灵之根，依赖阅读建立起来的文化之根，修养之根。

很多人都是匆匆过客，一闪而过，彼此都找不到对方的根在什么地方。难以沟通，难以欣赏，默契更无从谈起。

丝瓜长在我的窗外，仿佛，我也是丝瓜藤上的一根丝瓜。

从夏天到秋天

故乡的白杨树

儿时，对故乡印象最深的，是那高耸入云的白杨树。

白杨树像巨大的栅栏一样，两排，从村东头一直蜿蜒到村西头。在两排相对的白杨树中间，是一条宽阔的马路，也是小村的主干道。村东头和村西头，是通向两个邻村的路，很奇怪，白杨树换了一个品种，据说叫加拿大杨，丑陋，树上尽是裂开的口子和疤痕。这种杨树的色彩，黑不黑，灰不灰，绿不绿，说不上来是什么颜色。

故乡主干道上的两排白杨树，粗壮而又高大。我几乎用双手都搂不住。我若想看到树梢，必须仰望，我的脖子差不多要弯成直角才行。我从小就有恐高症，只要一仰望白杨树的树梢，我马上会感觉到天旋地转，跟跟跄跄，似乎要瘫软在地。

我家住在村东头,我的小学在村西头。儿时,在故乡的主干道上走过多少回,我无法统计,但我每天都会打量白杨树,凝视它,它像我的伙伴一样,我感到格外亲切、温暖。每一棵白杨树,都像是童话里的巨人一样。我惊异,惊讶,敬畏,它们高得不可思议。也许,它们每一棵树都是顶天柱吧,神话里的。但我能想到一个更好的比喻,觉得它们是连接天和地的巨型铆钉。天和地因为白杨树而被紧紧铆在一起了。

白杨树是银白色的,在太阳光照下闪闪发光,闪烁着金属一样的光芒。树皮细腻而又光滑。多年以后,当我在东北见到过白桦树以后,才知道它们的颜色形状都非常相似,不过,白桦树显得干瘦,不如我们的白杨树显得饱满而又丰盈。我们的小村不小,两三千人,是镇政府所在地。我从家里的胡同出来,拐一个弯再一个弯,从堡上的慢坡走下去,就走上了村里的主干道,而东边的小河旁,便是镇兽医站。更久远的记忆已经无从寻觅,只记得更小的时候,那儿还有水车和磨坊。因为从村东头再往东,走不到几里地,就可以上山了。我们的小村在中条山下,青龙河畔之西。那个时候,想来水资源是极其丰富的。若向南,一条大道通向县城了。我们在县的最北部,和另一个县交接。20世纪50年代,我还没有出生的时候,据说我们一个村是被一

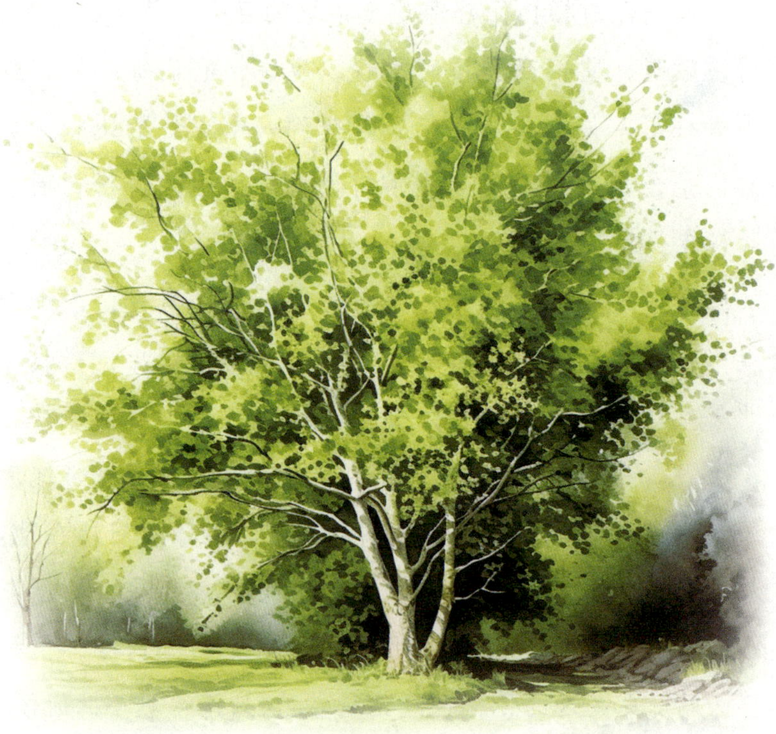

故乡的白杨树

分为二划分成两个县的。

　　高大的白杨树，是故乡祥和与安宁的守护神。沿着白杨树守护着的主干道两旁，都是镇上的各种机关所在地。由东往西，没走几步，北面便是镇食品站，挨着食品站的那条路是南北走向，北面被称为拐沟，南面被称为八亩园。和食品站一条马路之隔的侧对面，是镇废品收购站。食品站正对面，是镇上的工商所。再往前，就是镇上的邮电所。绿色的邮箱，绿色的门窗，与所有建筑门窗的颜色大不相同，很是引人注目。一年四季都绿着，像是被春天遗落的一粒种子。在它的旁边，是镇上的中学。北面，镇供销社，税务所，卫生院；南面，生产资料门市部，镇露天影院兼大戏台，镇信用社。再向前，就是我们的小学了，我们的小学像一面扇子一样面向无边的田野。

　　故乡的白杨树，像是高高的信息接受塔一样。春天的消息，总是在高高的白杨树树梢上最先散播开来。光秃秃的枝条，像涂了一层银粉一样好看。突然有一天，我发现枝条上像漫起了鹅黄色的薄雾，哦，春天悄悄地来了。细小的叶子，有点羞涩，有点欢快，慢慢地开始大起来。感觉叶子布满大树的时候，夏天差不多就到了。那时的叶子，上一层釉一样好看，完全是深绿的样子了。夏天，我喜欢沿着白杨树的树荫走路，因为白杨树太高，大片大片的树荫是没有的。不过，在村东头小河桥那边，白杨树一下子排成了几排，紧挨着白杨树的是一片小小的槐树林、泡桐林。那几排白杨树是夏天摸蝉的胜地。一到黄昏，大人小孩都去摸蝉。我好像是这方面的能手，只要出去，就能摸到半洗脸盆那么多。天擦黑时，便慌慌张张往家赶。夜晚，小河边静得有点儿恐怖。

我们镇三六九是集日，山上的、十里八里村庄的乡民，都来我们村赶集。有趣的是，那些高大的白杨树，成了天然的小商小贩们的摆摊点。在树与树的中间，摆上自己要出售的东西。卖凉粉的，炸油糕的，卖皮条的，卖麻花的……哦，我们家是麻花世家。我看见了爷爷，在白杨树下，守着麻花摊，摇着扇子，一副从容不迫的悠闲样子，并不是所有的集日都收获满满呀。

故乡的白杨树，高高的，长长的，呵护着我童年的梦想。

故乡的芦苇

　　故乡的芦苇，在我印象中只有两种色彩，要么是绿得郁郁葱葱，要么是黄得壮壮烈烈。一年之中，变化仅此两种。若说其中微妙的变化，倒是没有特别地留意，只能怪自己缺乏耐心了。

　　因为我家在小村的东头居住，所以与小河距离不是特别远，如果一溜小跑的话，几分钟就到。要是把小河分为上游和下游的话，那么以小河桥为界，芦苇都在下游。而这条小河是南北的走向。芦苇是喜欢群居的植物，肩并肩，手拉手，脚勾脚，很是亲密。若是没有火或者刀这样的东西，恐怕很难把他们分开。

　　我很小的时候，对芦苇很喜欢，但又充满了敬畏之情。

我打猪草的时候，一般只是在芦苇的外面活动，并不敢走进其中。芦苇是生长在沼泽地里的，芦苇丛中的地不仅松软，而且精湿，一踩上去，总是担心双脚陷进去。人对软体生物的惧怕，和这个沼泽地好有一比的，都是怕有什么未知的陷阱，心里不踏实。所以我敬而远之。

　　故乡的芦苇，没有很粗壮的。就像竹子里的毛竹一样，都比较纤细。没有什么实际的用途。家里炕上的苇席，怕是粗些的芦苇才能做材料。唯一的，就是供盖房子用。用细麻绳子把芦苇扎得密密实实，放在椽上面，摊开，上面浇泥，然后把瓦弄上去。家乡的瓦房都是这么盖成的。

　　我喜欢芦苇绿的时候，一片片，一丛丛，像绿色的火在燃烧。风一吹，那才叫熊熊燃烧呢。这青青葱葱的绿色，给荒芜的故乡增加了不少生命的活力。它是故乡一道迷人的风景线。虽然故乡也有树，有草，但都不成气候，好像兄弟们在怄气，东一棵，西一株的。只有道路两旁的树，才有亲密的感觉。芦苇绿的时候，我喜欢探头探脑地向里面张望，似乎那里藏着无数个秘密。那草，娇嫩；那叶子，鲜艳，好像从这一边就能看到那一面。还有些细小的藤蔓植物，轻轻地搭在芦苇身上，好像怕芦苇生气一样，有着十二万分的小心。而且，随时准备逃跑。芦苇丛中，有细细的水流声，而风吹动的"沙沙"声，是温柔的，也格外

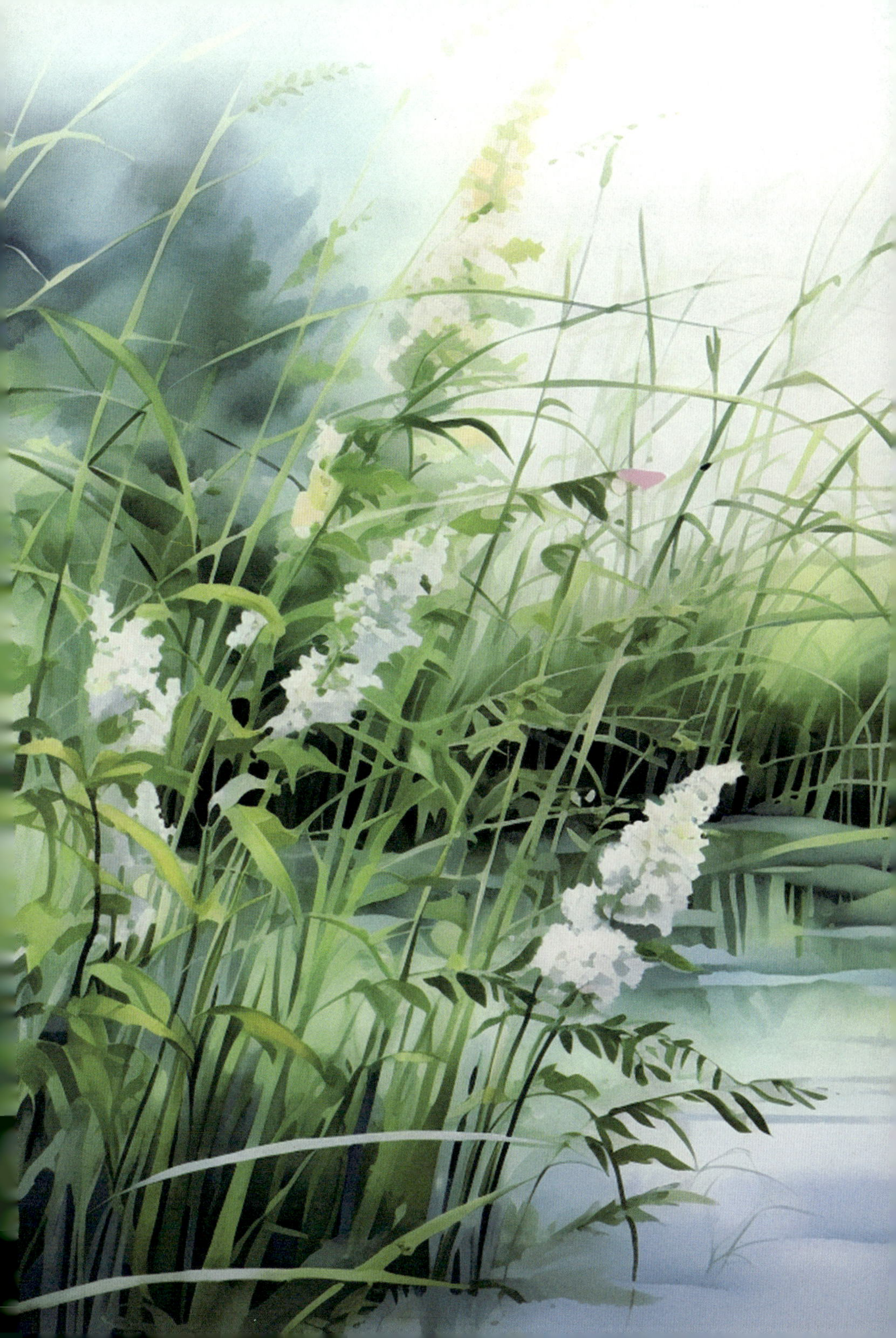

好听。我很喜欢一种叫猪耳朵的草,绿得发亮,骄傲地挺着身子,它和田埂上的车前草非常相似,简直就像亲兄弟。据说猪吃了很上膘,但我只有眼巴巴地看着,不敢下去割。

有时候,我会找一根芦苇,用镰刀把它做成芦笛。自己用力地吹呀吹,吹出满心的欢喜,吹走满身的孤独和寂寞。自己常常感动自己。芦苇太锋利了,甚至比镰刀的刀锋还锋利,我做芦笛一不小心手指头就被拉开一个长长的口子。起初,感觉不到疼的,我赶紧抓一把细碎的沙子抹在伤口上,止血。这是我们小时候止血的一种良方。后来才知道,有两种中草药大蓟和小蓟止血凉血有奇特的功效,而且遍地都是,我会把它的叶子拧碎,挤出汁来涂在流血的伤口上,紧紧用手摁住。但随之而来的,是钻心般的疼痛。我曾经尝试过走近芦苇丛中,但我的脚心也被昔日的芦苇茬子扎过,所以,对于美的一切我都有一种畏惧的心理。那生活的经验,似乎都是从这些小事中积累出来的。

美是有杀伤力的。

芦苇丛中,有一种叫苇喳喳的鸟儿,叫起来很特别。听惯了麻雀和喜鹊的叫声,初听苇鸟的叫声很不习惯。它的声音短促有力,而且像是用石子儿在水面上打出的水漂一样。更像是这种鸟的嘴里含着什么珠子,在滚动。夏天芦苇丛里热气腾腾,这种鸟儿差不多就像是树上的知了一样讨厌。不知道为什么，上体育课的时候，听老师吹哨子，我就能想起芦苇丛中苇鸟的尖叫声。

　　芦苇黄了的时候，是另外一番景致。一片片，黄澄澄的，犹如金子一般。在阳光下，散发着耀眼的光芒。风一吹，"哗啦啦"地响，那响声，比绿色芦苇的响声要嘹亮多了。尤其是那柔情万种的芦花，绰约多姿。尤其是芦花飘扬的时候，如雪一样迷人。但我总是躲得远远的，比绿色的时候躲得更远。据村里老人说，芦花呼吸进肺里，容易流鼻血。我不知道是不是真的，但这传说犹如童年的禁忌一样让我恪守着和芦花保持距离。尽管后来"蒹葭苍苍"的诗句差不多能融化了我，我依然不能全心全意地爱它。

　　故乡的芦苇，比不得荷花淀的芦苇，也比不得曹文轩笔下《草房子》里的芦苇，但它毕竟和故乡有关，和我的童年有关。即便那个时候我认为故乡的芦苇是世界上最美的芦苇、最大的芦苇，我也不会因此而感到羞愧。

河边青青草

一条弯弯的小河，清澈见底。

从村头流过，从村的东头流过；太阳像个顽皮的孩子，每天都要在清浅的小河里浮浮沉沉，然后才恋恋不舍地离去。

春天，一树一树的翠柳依依。

夏天，一树一树的白杨亭亭。

秋天，白云挂在树梢上。像一棵一棵开花的树。

冬天，薄薄的冰片结在河面上，像晶莹的水晶。

一个孩子，挎着篮子，蹲在地上打猪草。

河边草青青。

宽大叶子的车前草，长着锯齿一样叶片的蒲公英，银白色的丝绒一样的茵陈，开着向日葵一样花朵的旋复花，

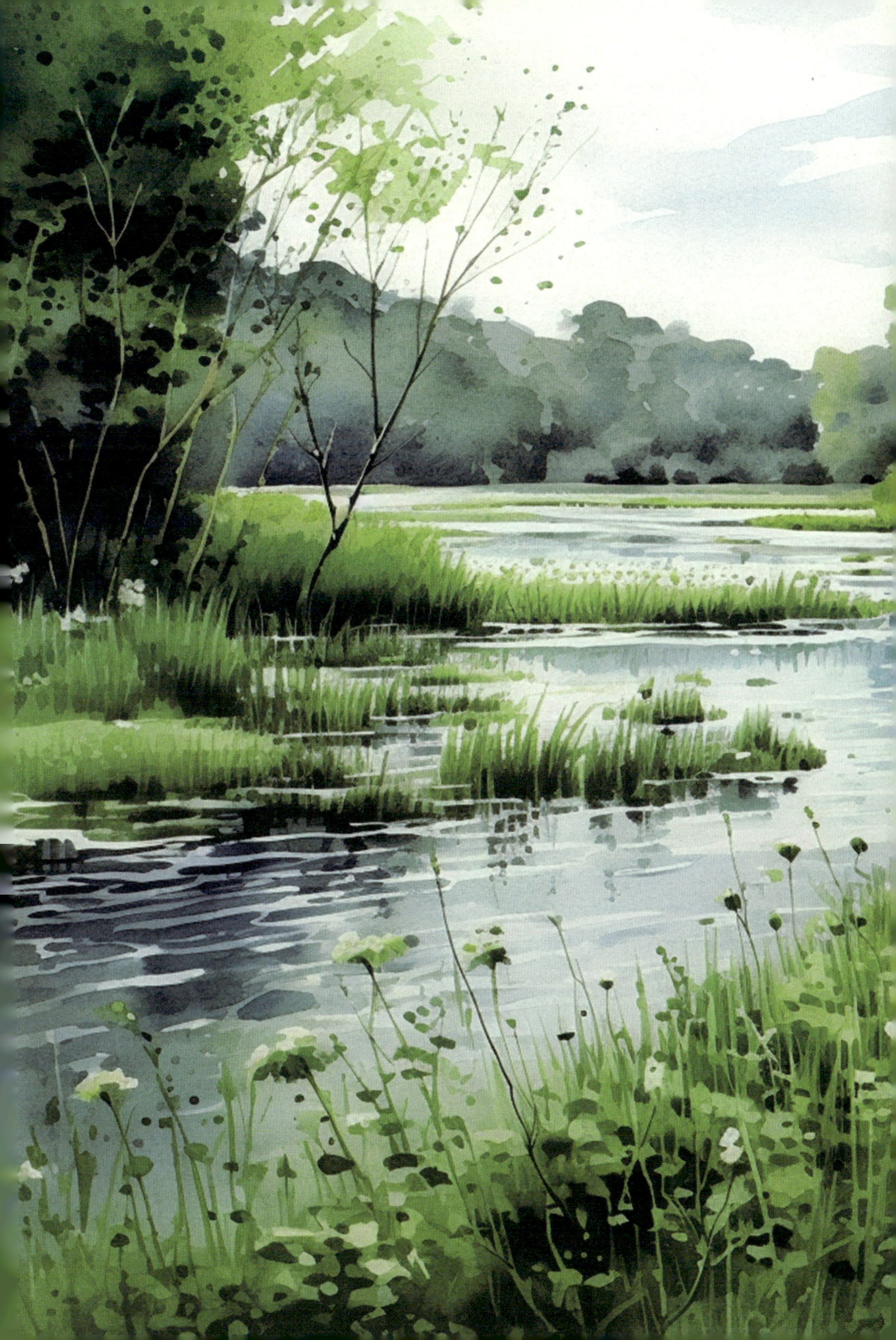

叶片上布满网格的薄荷草，厚实的木木呆呆的苍耳，开着紫色花朵的紫花地丁……长满了小河的两岸。

潮湿的地气，湿润的水汽，在河边弥漫。

微风中，旋复花微苦的味道，薄荷草清香的味道，各种花儿的味道，像是裹着团儿的雪球，直往人的鼻孔里钻。打一个喷嚏，肺里面喷出来的全是花的香气。

有一种草，细细的只有茎，没有叶子，灰绿色的，一节一节的交界处，倒是有些银白的苔藓一样的东西。似乎被涂了什么液体。学名记不得，小时候人们叫它节节草。

节节草像螺帽和螺丝一样，一节一节可以拔出来。

小河的源头，是几个小清泉。河的两岸，土地松软，走上去，鞋子好像都能陷进去。而用手挖几下，就可以挖出水来。

那个时候，水真多，草真绿，天真蓝。

小河里面，长满了水草，那草嫩的绿的发亮。草叶儿圆圆的，像是用圆规画出来的。

小河的归处，是一个大水库。很奇怪，水流从小到大，河面由窄到宽，河里面的植物也有些变化。

在小石桥的那一边，到处都是绿色的芦苇。芦苇荡里，苇鸟的声音此起彼伏，嘹亮地响着。苇鸟的声音很奇怪，有时候急促，有时候悠扬；有时候清脆，有时候雄浑。

河边青青草

一个孩子，挎着篮子，蹲在地上打猪草。

他疲惫的时候，就靠在一棵柳树上，从篮子里取出一本书，恬静地读着。

他忧伤的时候，就削一支芦笛，用力地吹着。

孤独的群山，一抹青黛，似乎蕴藏着无数秘密。

芦笛欢乐的音符，在辽阔的天空下回荡，像深情的倾诉。

黄昏的时候，他弯腰在每一棵白杨树上寻觅。天快黑了，那些蝉蛹就纷纷爬出来了。它们总是趁着人们不注意的时候，完成生命蜕变的过程。最初的时候，它从蝉蛹里爬出来，通体都是绿色的，待不了多久，软乎乎的身子就变得硬朗了。这个时候，它就变成了黑色的，翅膀闪闪发亮，身上上了一层釉似的光彩照人。

而空荡荡的蝉蜕，就留在树上了。

总有些人喜欢在黄昏的时候，坐在小石桥的石头上。那些人是老人，孩子们是坐不住的。他们一声不响，就坐在那里，像个泥雕。小河里的水流潺潺声，草丛中的蛙鸣，交织在一起。一团一团的萤火虫，像是举办舞会一样飞舞盘旋，忙碌不停。

一个孩子，把石子儿远远地扔进小河里。那响声，给孩子以快乐。

河边青青草，草的上面是高高低低的树——白杨树，翠柳，洋槐树，泡桐树。没有更多的树种，简单而又丰盈。

那个时候，一切都很近，伸手似乎就可以抓下一大块蓝天。

那个时候，一切都很远，淘气的风踩着草踩着庄稼向远方奔去。

温馨的景色，温暖的大地，温柔的天空，温润的梦……

一个孩子，总是在黑夜中迷醉，莫名地为月色感动。当他悄悄带上门的时候，爷爷总是半梦半醒地说："把门关上！"

秋天，芦苇一片金黄，风一吹，荻花如雪一样纷纷。那样壮观，那样气魄。

那个时候的冬天，雪很多，雪很厚。打雪仗，堆雪人，到处都是孩子们兴奋的尖叫声。

那些草呢？那些吹口气就能化掉的水草呢？在做梦吗？在薄薄的冰凌下。

童年，在草里走过，在草里躺过，在草里滚过，还丢失过清晰的脚印和纯洁的笑声。

河边青青草，河边草青青。

很多年过去了，小河干涸了，后来被修成马路和盖成房子了。

那些小草还在，像一个个绿色的小精灵，在我的梦里，在向我狂奔而来……

摸 蝉

童年最有趣的事情之一，就是摸蝉。

我们从小从来不管蝉叫蝉，叫知了。很有意思的是，我们叫它的学名蝉，发出的音却是"山"。这是我们山西南部的方言。

在我印象中，蝉分两种，一种是鸣蝉，一种是哑蝉。但它们是同一个品种。如果按照体积大小、叫声不同，还可以分一种——"压油蝉"。这种蝉体积很小，发出的声音不那么尖锐，相反，很悠扬。发出的是"压油"的声音。尾音拖得特别长，好像是抒情的什么乐器发出的声音。知了就有点儿刺耳和尖锐了。但这种压油蝉乡下很少能见到，我是从山里看到的。

知了体型大，肥硕，背上有个"W"或"M"的英文字母，

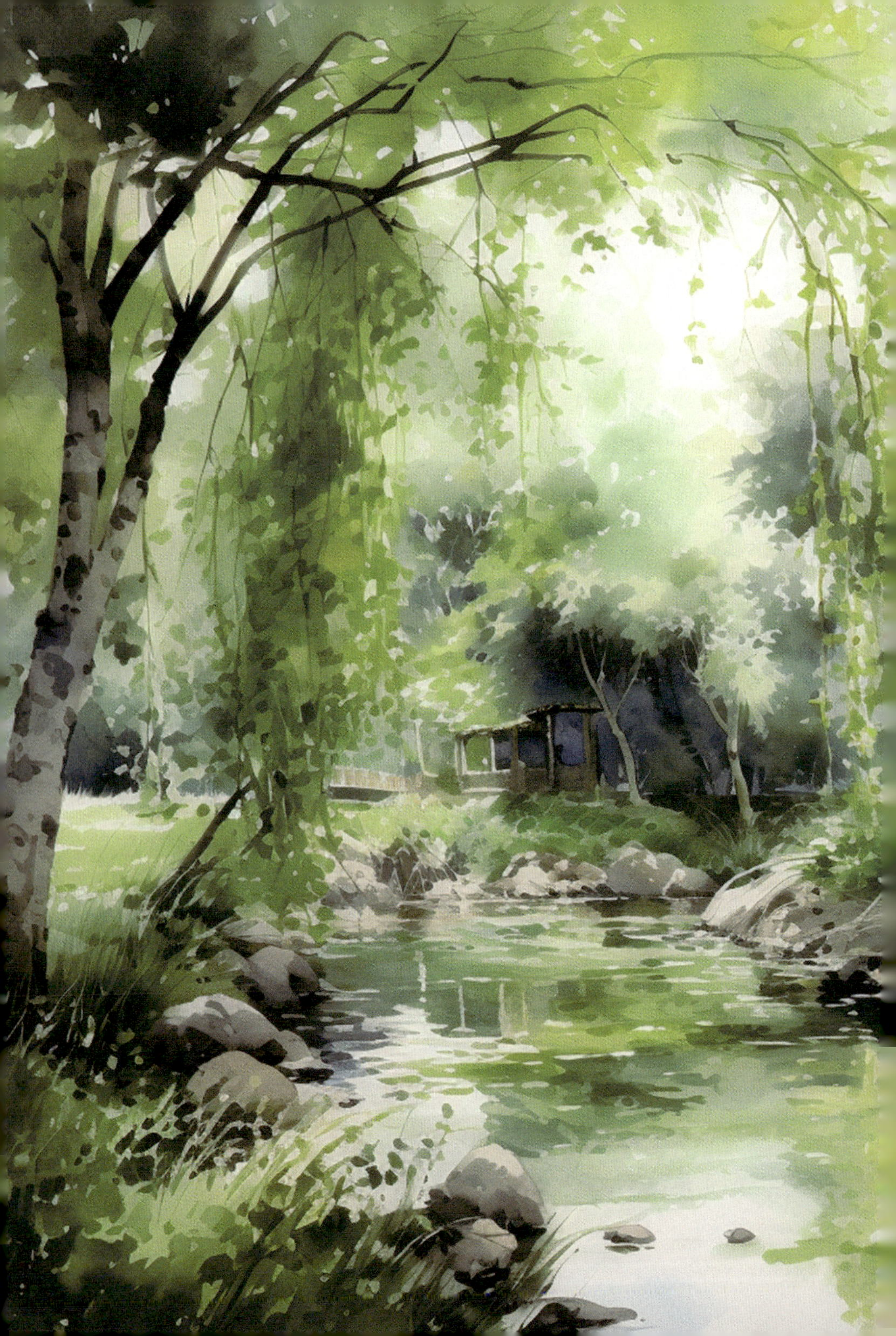

摸 蝉

记不清是哪一个了。就像是签名。翅膀闪闪发光。身体黑亮。但那种压油蝉，似乎有点发绿，身体看起来很单薄，营养不良似的，但它很机灵。我们摸蝉，摸的都是知了，而所谓的压油蝉，我们从来没摸过，也没有逮住过。大自然的一切，似乎都有短长优劣，大的笨重，小的机灵。造物主造万物，是很公平的。

夏天是蝉最活跃的季节，生命力最旺盛的季节。它们从泥土里爬出来，要完成一个生命蜕变的过程。我们摸蝉，正是从这个时候开始的。当它们刚刚从泥土里爬出来，爬上树的时候，我们带着口袋或者瓶子一类的容器，去摸它。那个时候，它们还是蝉蛹，没有脱去外壳，不会飞，所以一摸一个准。它爬行的速度很慢，一般爬到超过一个小孩身体的高度，就不再往上爬了，就会脱颖而出，变成真正的蝉，然后飞向高高的枝头。

故乡的小河边，有几排高大粗壮的白杨树。那是我们摸蝉的好地方。天快擦黑的时候，一切都朦朦胧胧的，那个时候，我们就开始去河边摸蝉了。白杨树银白的树身就像暗下来的雪或者白纸，只要上面有一个小小的黑影，那准是知了。不过，也不是百分之百的准确。比如，有时候就摸到一个树疤，有时候摸的是一条毛毛虫。摸到树疤没什么，只是淡淡的失望。要是摸到一条毛毛虫，那会头皮发麻的。眼睛是看不清晰的，只能靠手感。那毛毛虫无论是软乎乎的虫子，还是长满毛的毛茸茸的虫子，都给人触电一样的感觉，一惊，之后心便狂跳半天。如果遇到这种情况，再摸蝉的时候就会加倍谨慎。

有时摸蝉会碰到很多人。大家相互打招呼，偶尔还比一比，看你摸了多少，我摸了多少。有时就我一个人。在乡下，童年是听着鬼故事长大的，所以，天一黑，不由自主会紧张起来。摸一会儿蝉，就会朝四处看看。四周很静，一声轻微的响动，都会引起我巨大的恐慌。所以，只要感觉摸得差不多了，我就赶紧回家。

回到家，把这些蠕动的蝉倒在地上，用脸盆倒扣着。或者用筛子倒扣着。如不然，它们从壳里爬出来，长出翅膀，会飞掉的。待到第二天，那些蝉都从壳中爬出来了，如果是脸盆中扣着的知了，因为缺乏足够的氧气，它们身体是绿色的，翅膀扭曲着，无法蜕变成真正的蝉。而这些蝉，就成了我们腹中的美味佳肴。或者用火烧着吃，或者用油煎着吃。那肉丝很细，很嫩，和我们吃的别的肉的味道大不相同。现在的人喜欢吃野味，而知了算是纯正的野味了。

乡下树多，知了也多。地下好像埋藏着无穷无尽的蝉蛹。尽管我们就像无情的杀手一样摸了那么多蝉，可是第二天，我们发现，树上依然会有很多金子一样的蝉蜕醒目地趴着，

摸 蝉

似乎想让我们重温那条金蝉脱壳的成语。而那高高在上的脱壳而出的知了,得意扬扬地鸣叫着,好像在嘲笑我们一样。这蝉声叫得也很奇特。

清晨,第一声蝉鸣,真像汽车发动机刚刚启动的声音,懒洋洋、慢悠悠的,然后就像上了高速公路一样,铆足劲儿开始奔驰了。之后,东西南北的蝉都开始鸣叫起来。你不知道蝉在什么地方,到底有多少蝉在叫,好像天空中飞下一张大网,整个世界都被笼罩在蝉鸣里。当你仔细寻找的时候,你就会发现那一棵柳树上会有很多只蝉,有的只抓住了一根细细的枝条,好像在打秋千。微风一吹,那蝉也在惬意地轻轻晃荡着。当你猛地蹬一脚树身,那蝉会惊叫几声飞快地逃走,然后洒下几点液体。后来才知道蝉的嘴巴下面有一根长长的吸管,那是吸树汁用的,而我总不大相信,那么软软的一个东西,如何能扎进坚硬的树皮里?相信不相信,这都是科学知识。而夜晚的时候,偶尔会有一两声蝉鸣,真不知道它们是不是也做梦,或者是被噩梦吓醒的。

摸蝉,摸的是一份快乐,也许还有小小的成就感。而剩下的蝉蜕,我知道那是一种中药材,有小毒,但我更愿意相信那是一个嘲笑。笑我们总是缺乏耐心,让它们溜之大吉。然后一日一日地唱歌,气我们这些小小的人儿。

057

故乡的春天

印象中,故乡的春天一直是乏善可陈的,所以,我的笔下从来没有故乡春天的影子。前几天给广东一家广播电台做节目,主题就是"故乡,童年,春天",我搜索枯肠,努力在记忆中挖掘故乡春天的亮点。谈着,谈着,连我都感到奇怪了,点点滴滴的美丽和温暖都被我开掘出来了。当我开始有点激动的时候,节目结束了。

我吃惊了,故乡的春天真的有那么美吗?带着激动和疑惑,我开始了童年的故乡之旅,那时候,春天……

我的家乡在晋南的一个小村里,虽然我一直称呼它小村,但它拥有2000多人口,差不多应该算个大村。村里的路是个井字结构。最长的是东西走向,可以通向两个不同的村庄。

故乡的春天

我的家和学校，就是东西走向的路的两个点。春天，是不知不觉到来的，是我在上学或者说是放学的路上发现的。

大路的两边，是两排整齐而又高大的白杨树，树的身子和枝条都是银白色的。太阳一照，闪闪发光，好像上了一层釉。春天到来的时候，天空很蓝，云彩很白，太阳很耀眼。不知道为什么，心情也格外地灿烂。看来环境和气候对人的影响，总是那么直接、尖锐。

我走在路上，总喜欢看白杨树上的枝条，是不是开始冒出绿芽了。就像一个人在泰山顶上看日出一样，我希望能捕捉到春的消息，那激动人心的刹那。但我焦虑的观察中，总带着一点点失望。因为那白杨树的枝条，一点儿变化也没有。那个时候，我并不知道孕育和静默这些词语中包含着的大自然的神奇内涵，所以总是迫切地期待着。

当我在一天一天的观察和等待中，眼睛感到疲惫的时候，突然，我发现白杨树的枝条开始泛出绿色了，准确地说，那是鹅黄色的。极嫩极嫩的，如同婴儿的皮肤。如果说我能再走远一些，到小河桥那里，那几棵大柳树，早早就会给我报告春的消息了。很可惜的是，我从来没有为了观察春天的理由而专门去小河桥那里走走。在我的家乡，随处可见的是白杨树和泡桐树、洋槐树。柳树这种好看但不实用的树木，都长在偏远的角落，或者在村外，或者在村边，而且很稀少。

　　至于怒放的桃花，大多数都在村民的小院里招摇。田野和主要的道路上，是不大容易看到的。当我去同学的家里，或者左邻右舍，就会惊讶地发现那桃花朵朵开了。有时候，走在某一条胡同里，会突然发现墙内的桃花含情脉脉地开着，好像在向墙外的人打招呼一样，笑容可掬。那探路的蜜蜂，三三两两在桃花上盘旋。似乎在商量，它们是在这里多玩一会儿，还是赶快去呼唤伙伴。

　　故乡的小河桥那里，小溪潺潺，小溪里的水草开始绿了。那圆圆的叶片，真像一个个娇嫩的嘴唇，好像对着太阳在唱奶声奶气的童谣，又像是被淘气的小虾挠了痒痒，忍不住摇摇晃晃大笑着。而穿过青石桥，那边枯干的芦苇丛中，绿色的叶子冒了出来。它们没有童年似的，一冒出来就是那种一本正经地绿，一副小大人的样子。但它们毕竟还嫩着，没那么锋利，也没有那种韧性。否则，轻轻从手上划过，就会拉出一道口子。

　　我家院子的枣树，很沧桑的枝干和疙瘩，好像被冬天的风吹成这样的，犹如干裂的嘴唇。当它冒出细细嫩嫩的叶子的时候，我心里会生出一种莫名的感动。我好像看到了爷爷开心的笑容。麻雀在枝头上鸣叫，叫声也清脆了很多。偶尔，喜鹊会在高大的疤树上发出欢快的叫声，似乎在报道着一件未知的、值得惊喜的好消息。

　　春天到来的时候，故乡的一切似乎都充满了希望。无论人们走路的姿势还是人们的笑容，都像是被注入了一种快乐的力量。而那低矮的房屋，房顶瓦片上摇曳的瓦松和干枯的狗尾巴草，好像都要给这充满生命力的一切让步。苦难、贫困、阴影，都被刷上了一层绿色。

　　紫色的燕子飞来了，这种轻盈的小鸟，一会儿高，一会儿低，好像在给人们表演舞蹈，它们从来都很难保持平行的飞翔姿势。有趣的是，我们家的窑洞里，也有一个燕子的巢，就和我们吃饭的饭桌近在咫尺。我们吃饭的时候，就会听到小燕子的鸣叫声。但奇怪的是，我们全家人都不觉得鼓噪，也没有人去赶它们。即便它们的粪便有时候会落在屋子里的地上，也没有人觉得愤怒。故乡人的善良和朴实，由此可窥一斑。我还记得小时候的一些农业谚语，和燕子有关。比如说：燕子低飞蛇过道，大雨不久就来到。它还能预报天气情况。

　　当阔大的泡桐树撑起一柄柄绿色的巨伞的时候，太阳的温度一天一天高了。植物所有的叶子都完完全全舒展的时候，夏天就来了。春天就像是蝉脱一样，保留在人们的记忆之中，闪闪发光。

童年的菜园子

童年的菜园子里，郁郁葱葱的蔬菜，"哗哗啦啦"作响的老水车，高高低低的树，湿润茂密的野草，翩翩飞舞的蝴蝶，飞来飞去的蜜蜂，双手倒背着的老人，构成了一幅美妙无比的风景画，它们在我的记忆里生根发芽，变成了一株叫永恒的树。

一　老水车

一头精干的毛驴，围着古老的水车转圈儿。

一圈儿，两圈儿，三圈儿……水车的轮子在旋转，那"哗哗啦啦"的响声，如同一个孩子头在招呼他的伙伴们："快来呀，快来了！"

翻腾的水花,从水车里雀跃着,奔腾着,嬉笑着,争先恐后,向小小的水渠流去。似乎在挤挤撞撞,一一应答:"我来啦,我们来啦!"

那是从水井里流出来的水,清澈,波光粼粼。倒映着湛蓝的天空,洁白的云朵,光芒四射的太阳。

一条小小的水渠,似乎把整个世界都装了进去。所以,蔬菜院子里的蔬菜们,汲取了这个世界所有的营养。

小小的蜻蜓,沿着一路欢笑的水在飞。

水渠边,长满了嫩绿的青草。绿中泛着黄,黄中透着亮,翡翠一般。它们像是水的护卫,一路陪伴,直到菜田里。

小小的青蛙,在小水渠里饮水。

小小的虫子,在小水渠里饮水。

小小的麻雀,在小水渠里饮水。

一个孩子,趴在地上,将嘴唇撅得高高的,伸进水里,大口大口地喝水。那嘴唇一张一合,像一条鱼在水中。

然后,喉咙里发出一声幸福和满足的惊叹。

老水车"咣当咣当"响着,"哗啦哗啦"转着,那水花不停地翻腾着。

那头毛驴儿慢慢悠悠地走着,很得意的样子,似乎这一菜园子的蔬菜,都是它种的。

老水车的轮子是铁铸的,浑圆的,像一枚古老的徽章。

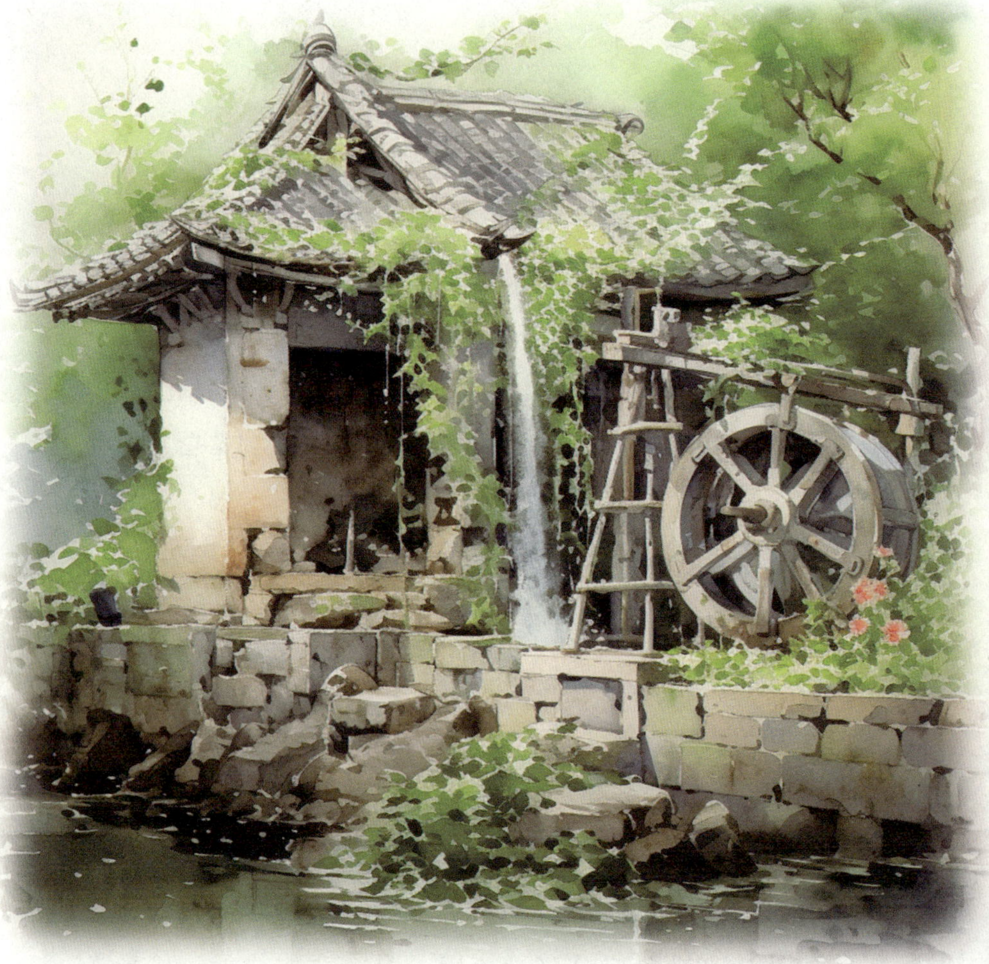

那铁链，一环一环的，像绳索，哦，不，它更像一个个纷飞的音符。在阳光下飘荡，在水花上奔腾，在水流中跳跃……

二　马齿苋

一片一片绿色的叶子，像翡翠一样，玲珑，可爱。摘一片，似乎都可以挂在女孩子的胸前，做装饰品。

叶面像那种磨砂的玻璃，有丰满的质感。

每一片，都如瓜子一样，低低伏在松软的土地上，宛如大地的胸饰。

据说，你是耐寒的草本植物，但你更喜欢湿润的菜园子。在旱地生活的你，总是瘦瘦的，小小的，缺乏光泽，像营养不良的孩子。但在湿润的土地里，你饱满，丰盈，显得多汁多肉，容光焕发。

如果你再纤细些，那就很像蕨类植物了。

你的茎是暗红色的，像动物的肌肉。

尤其有露珠的时候，那露珠晶莹剔透，在你的叶片上摇摇欲坠，很容易让人想起荷叶的圆润光滑。

你开那种黄黄的小花，米黄色的，像一颗颗如梦似幻的小星星。

在乡下,你是一道美味佳肴。拌上面,蒸一蒸,可以做菜,也可以做主食,再来上一点蒜泥,滑爽可口,是孩子们喜欢的美味。

虽然你也是猪可口的草料,但是,哪个孩子舍得让猪享受呢?他们差不多都拦路打劫,装进自己的胃里去了。

我喜欢生吃马齿苋,用镰刀小心翼翼割下,就被我塞进嘴巴里了,那种味道和感觉,和吃嫩黄瓜差不多。

看起来,你属于那种较娇弱的植物,多汁多肉,但实际上你很坚强。就算把你连根拔起,放在太阳底下暴晒,你都不会枯死。

也难怪,你还有另一个名字:长命菜。

你生长在菜园子的角角落落里,或者田埂上,像个野孩子,羡慕那些得到菜农精心照料的蔬菜。但在我眼里,你是更高贵的蔬菜。

三 花儿们

在菜园子里欣赏花,是另一种风景。

童年并不懂得欣赏,只是好奇和惊诧。

菜园子里的花儿,在文人墨客的笔下,很少得到过赞美的诗句。文人墨客赞美的,大都是那些观赏类的花卉,

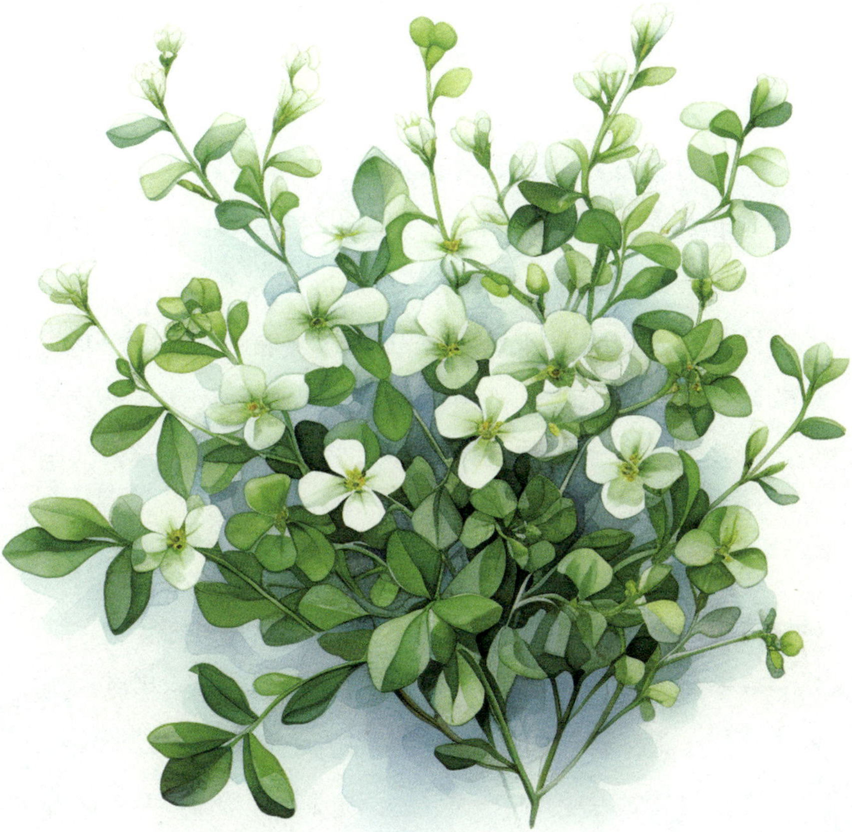

而结果实的花卉,他们很吝啬。

我很好奇,好奇那些花儿是那么弱小,而结出的果实,却那样硕大。比如说,南瓜花,大大的;西葫芦的花,大大的,它们的果实也大,这合乎逻辑,所以我不好奇,不惊诧。但是,那黄瓜花呢?

小小的黄瓜花,黄黄的,花瓣上布满了纹路,像已经失去青春的中年妇女的额头一样。朴素,貌不惊人,好像期待着早早凋谢,好让黄瓜来展示它所有的美丽。

尤其是西红柿的花儿,小得让人怜惜。细细的几缕,宛若皱纹。连田野上的野菊花都不如。它的黄色,比黄瓜花更暗淡一些。如不仔细观察,几乎看不到它们,尤其距离远一些的时候。

印象中,西红柿的花儿,和鬼针草的花儿十分相似。都细细的,小小的,给人感觉很是瘦骨嶙峋的样子。

茄子的花儿是紫色的,和茄子的颜色一模一样呢。那句"开什么花,结什么果"用在茄子身上最合适了。

辣椒的花,白色的,小小的,想起来,和丁香还有那么几分相似,只是,它们并不喜欢抱团儿,而且,抱得那么紧。

几乎每一种蔬菜,都会开花,但是,蔬菜的花儿都不那么招摇,不那么艳,相反,倒是很朴素,不起眼,还没有叶子有风采呢。

　　蔬菜的花儿们，都没有绰约的风姿，更没有郁郁的香气，也难怪，蝴蝶和蜜蜂都不肯成群结队来，它们就像急急忙忙来送信的邮递员，开得都有几分焦灼，似乎，它来就是要告诉人们一声：真正的主人就要来了。不管是红萝卜、辣椒，还是白萝卜、黄瓜、西红柿、冬瓜、西葫芦……它们才是真正的主人。

　　如此一说，这蔬菜的花儿们，倒有几分树根的品德了。

　　它们并不像春天的那些花儿一样，宣告明媚的春天来了，它们是来告诉我们实实在在的消息的：那些沉甸甸的果实就要来了！

　　看到那些小小的花儿们，都能孕育出丰硕的果实。我小小的心，似乎也有了对理想的信心和勇气了。

四　韭菜们

　　柔软的、纤细的韭菜们，像柳枝一样婀娜多姿。
　　嫩黄的时候，叫韭黄。像穿着黄色小衣的小精灵。
　　碧绿的时候，叫韭菜。像穿着绿色小衣的小仙女。
　　开花的时候，叫韭花。那花朵，是白色的，清淡的，向着太阳微笑。

韭菜们，很像麦苗。乡下人笑话城里人，说城里人到乡下把韭菜当成了麦苗。

这是童年的一个笑话。

长大后，就不觉得可笑了。因为，麦苗的确和韭菜很相似。只是，没有韭菜叶片的厚度，也没有韭菜的那份油性。

韭菜在阳光下，很像闪闪发光的绿色翡翠，而麦苗，没有这种感觉。麦苗薄薄的，倒像是绿色的刀片。

女儿第一次看到刚刚冒出绿芽的水仙，竟然当成了韭菜。仔细观察，才发现韭菜的叶子和水仙的叶子也是有几分相似的。

几乎所有的蔬菜，都需要有间距，而韭菜则密密麻麻，不需要距离和空间。它们更像是亲密无间的小伙伴。

最令我惊异的是，它们像神话传说中的多头妖怪一样，砍掉一个，又长出一个。韭菜，可以一茬一茬地割。割掉一茬，又长出一茬，具有顽强的生命力。

柔弱和顽强，两种品格，如此奇妙地结合在一起。

一天，又一天；一年，又一年。乡下的童年如韭菜一样，被岁月收割走了。新的一茬，又长了出来。

很多年后，回乡下，看到孩子们的笑脸，我想起的不是"笑问客从何处来"的诗句，而是韭菜。

嫩生生的、绿盈盈的韭菜，一茬一茬在疯长。

五　菜园子的土地

菜园子的土地，总是湿漉漉的，松松软软的。

站在菜园子里面，只要弯下腰看一眼，就懂得了精耕细作的全部意思。

如果说那些庄稼地，像是北方粗犷豪放的汉子，那么菜园子的土地，就像是初生的婴儿一样娇嫩丰盈。

蔬菜和庄稼不一样。

在北方，那些供人们填饱肚子的庄稼，品种总是很少的。夏天是小麦，冬天是大豆高粱和玉米。这是最常见最普遍的植物。而它们，基本上都是食用果实的。叶子无论长得多么葱茏，人都不会用它们做食物。

蔬菜，品种多样，丰富无比。有的食用果实，但有的却食用叶子。如菠菜、韭菜，它们从春天一开始，就变成人们的美味佳肴了。

所以，它们对土地品质的依赖也就更大一些。

土质要松软，经常保持湿润。而且，还需要大量的农家肥。蔬菜特性不一样，有的需要经常松土，浇水，间苗，施肥，有的还需要搭架子、压蔓什么的。

在北方，最和南方相似的福地，就是菜园子了。水，松软的土地，绿色的蔬菜们，以及蔬菜园子里的野草们。

菜园子里看不到石子儿，这些令人讨厌的家伙们被种菜老人丢得远远的。但是这野草，如同顽皮的孩子，和老人玩捉迷藏的游戏。无论老人如何仔细寻找，如何清理，总有一些被遗漏的野草，如漏网之鱼，在蔬菜丛中招摇。有的混迹在韭菜丛中，那尖细的叶子和韭菜的叶子难分彼此。有的躲在西红柿的架子下面，西红柿像灌木一样成了野草的保护伞。而那马齿苋则长在小小的田埂上、水渠边，一副超然的样子。它们似乎在说："我不和蔬菜争抢营养。"所以，它们并不是种菜老人仇恨的对象。

倒是这菜园子的土地，像乳汁饱满的母亲一样，既滋养着蔬菜，也滋养着野草，慈爱无边。

六　种菜老人

种菜老人是个河南人。

在我们晋南的很多村子里，都有河南人。他们似乎都有一种特别的手艺：种菜，或者种瓜！

种菜的老人姓王，个子矮矮的，胖胖的，很像一个冬瓜。

脸色黑黝黝的，泛着光。他很严肃，从来不笑。据说，他有一个儿子在海军做军官。

他的腰里常常扎着一条围巾,肩膀上搭一条毛巾。如果戴草帽的话,我能看到的差不多就只有两条腿了。

我打猪草的时候,常常会看见他弯着腰在蔬菜园子里劳作。

间苗。

除野草。

锄地。

浇水。

施肥。

每一种劳作,都凝结着汗水和心血。

那木然的、机械的动作,似乎是一种宿命。但这些含情带笑的蔬菜们,就像是他的孩子,给他以心灵的抚慰。

心灵的快乐,是无法觉察的。但他那木然的、机械的动作,却透着执着和仁慈。

也许,爱的酬劳,就是无穷无尽的劳作。

这满园子的蔬菜,都像是爱的絮语,爱的礼赞。

远远地,看见种菜老人劳作的身影,便觉得他是一个很幸福的人。

这一蔬菜园子的幸福啊,都是献给他的,都是属于他的。

草筐里的秘密

小时候,最爱干的农活之一就是打猪草。如果说量力而行,那么打猪草是最适合农村小学生体能所干的农活了。那个时候,猪吃草,不像现在的猪越来越娇贵,吃粮食,不吃草了。我小时候体弱多病,病歪歪的,一阵风似乎都能吹跑,脸色是那种苍白,惨白,一看就是大病在身的人。所以,繁重的体力劳动不仅会让我喘不过气来,而且眼睛会一阵一阵地发黑,头发晕。

星期天,我会挎一个草筐,兴高采烈地去打猪草,好像很勤劳的样子。

我大声对家里人说,我去打猪草了。然后,趁大人不注意,悄悄往草筐里塞一本书,一溜小跑去打猪草。

童年的读书经历,真有点打仗的味道。前有伏兵,后

草筐里的秘密

有追兵,我只能选择游击战。在学校,班主任老师一双阴沉的眼睛总盯着我;在家里,父亲一双尖锐的眼睛总盯着我。学校和家里都不是我读书的环境。拿一本文学书,心神总是游移不定。后来,我找到了一个读书的好去处:去河边。

如果专门抱一本书去河边,那会遭到父亲训斥的。这个样子,容易让人误认为是游手好闲。在父亲眼里,我读的本来就是闲书。要是我打猪草,那就不一样了。既帮家里干了活,又满足了自己读书的愿望,可谓一举两得。

故乡有一条稍大一点的河,叫青龙河。不知道青龙河有什么来历,没有一个人能告诉我,但我想象中,那一定是很富有传奇色彩的。我读过不少民间故事,所以我深信它是有个什么有趣的故事被人们遗忘了,或者失传了。这条河在小小的峡谷之中,两岸有树,谷底有树也有水灵灵的草。水很清澈,像是山泉水。很遗憾的是,这水和我的年龄正好相反,我越来越大,水流越来越小。最早的时候,青龙河上还架了一座桥。再后来水流干涸了,只剩下孤零零的桥,孤独而又寂寞地怀念着快乐的日子。

我喜欢在青龙河边打猪草。这里的空气很清新,树碧绿,草青青。河的两边长满了白杨树和柳树。到了这里,我把草筐往身边一放,倚着大柳树就开始读书了。草丛中偶尔会有青蛙的叫声,但更多的是树上的蝉声。太阳还没有完全莅临大地，天气还没有完全热起来，蝉声还没有开始悠扬起来的这一刻，是读书最佳的时机了。读着读着，第一声蝉鸣慢悠悠地响起来，紧接着四周的蝉声都开始比赛似的响成一片了。

这个时候，我便合上书，开始打猪草了。

也许是因为喜欢读书，我真正的儿时伙伴很少，差不多都是独来独往。就算打猪草，也很少结伴而来。如果有伴，就无法读书了。整个童年，印象中仅有过几次和十个八个小伙伴打猪草的经历。我们不是唱歌，就是骂架。唱歌唱那种"东风吹，战鼓擂，现在世界上究竟谁怕谁，不是人民怕美帝，而是美帝怕人民"的歌儿。声音震天动地，吓得鸡飞狗跳，好像日本鬼子进村了一样。要么就你骂我我骂你，看谁的声音大，骂"狗儿疙瘩板板草，你妈要你现世宝"。狗儿疙瘩，是狗尾巴草；板板草，也是一种草。这两种草都是猪比较喜欢吃的食物。但它们的形状，正好形成一个鲜明的对比。狗尾巴草是向高里发展的，就像大个子一样，而板板草是平贴在地上向横里发育的。前者纤细，后者肥硕。

我出去打猪草，弟弟也会去打猪草。奇怪的是，我们从来都没有相遇过。只有到了家里，我们才约好了似的一前一后进门。父亲看见我们进了家门，总是喜上眉梢。尤

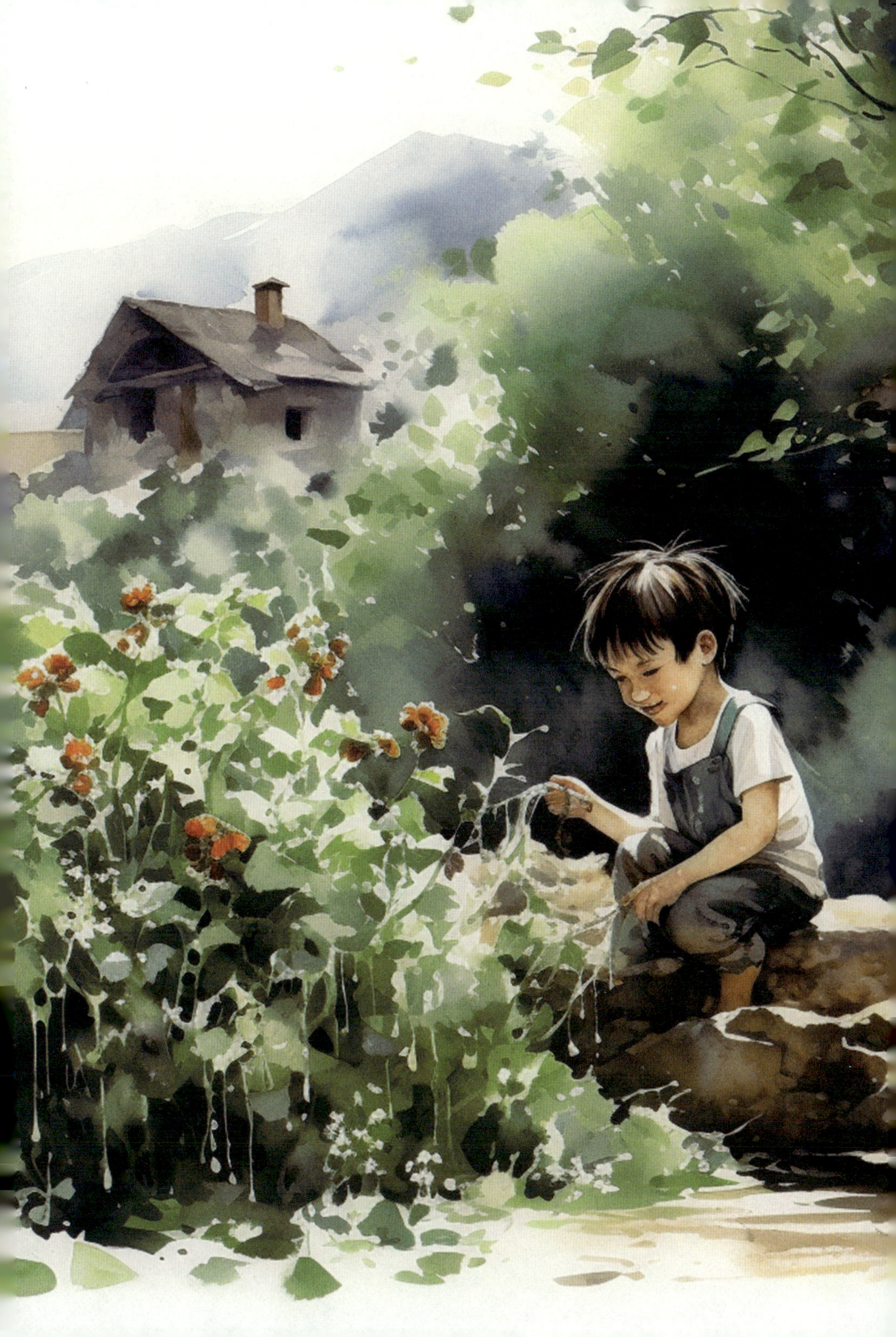

其是见了弟弟，开心得不得了。从小，弟弟就很受宠，机灵，长得虎头虎脑的，有眼色，干活也比我强很多。所以，弟弟的话在父亲那里是很有分量的，而我——父亲见了总是皱眉头的——就像是一团晦气。

父亲总是表扬弟弟："打得不少啊，把我娃累坏了吧，快去洗洗，歇歇！"

而我，遭到的是训斥和白眼，因为我没有弟弟打的猪草多。

我不分辩，但心里很不服气。不过这也有好处，父亲不注意我，我就能悄悄地把藏在草筐底下的书取出来，赶紧收好。

但我对弟弟很不服气的，他怎么每一次都打得比我多呢？有一次我实在忍不住了，就去检查他打的猪草。这一检查不要紧，严重的欺瞒行为呀。原来，弟弟是把草徐徐地散开，就像一个膨胀的面包一样。而我打猪草，总是把草压得实实的，像一块石头。一虚一实，就是弟弟和我打猪草的区别。

我揭发了弟弟弄虚作假的行为，没想到父亲袒护弟弟，他训斥我："你弟弟那么小，这已经很不错啦。"在父亲的心里，弟弟的做法是聪明、有出息。

整个童年，差不多就是这样过来的。我就像一棵山谷里的小树一样，自由生长。自己去争取阳光，自己去汲取水分，藏着无数无法向人倾诉的秘密。

可能是童年的印象太深刻了，所以，多年以后，我每看到绿油油的青草，就会情不自禁地想："这个猪草真好，猪吃了肯定上膘！"回到家乡，说给父亲听，他苦笑着说："哎呀，多少年的老皇历啦。你离开农村太久了，你不知道吧，现在的猪都不吃草了，吃粮食啦！"

我惘然若失，无限感慨……

从夏天到秋天

夏天的味道

夏天，太阳就像是个巨大的烤箱，把植物们的味道全部烤出来了。在乡下，到处都是植物的气息，泥土的气息，花朵的气息。

但有一种味道，幽幽的，凉凉的，带着几分微苦的气息，以及浓烈的芬芳，会在风中飘扬。尤其是在午后，小风儿一吹，沁人心脾。那是水库里的水、荷叶以及荷花散发出的味道。

我喜欢水。

像青蛙和鱼儿一样喜欢水。我挺羡慕那些蝌蚪、河蚁什么的，就连那躲在水草之中蜷曲着身子的小虾，都很令我羡慕。在夏天，它们的生活充满了自由和快乐。它们不仅能躲开太阳的暴晒，而且还能感受水的清凉和惬意。

那水草,长得葱茏、娇嫩。陆地上的草是无法和水草比色泽的。似乎,水草都像水晶一样闪亮,从这一面就能看到另一面。

我喜欢游泳。但我不敢明目张胆地去,因为我怕一个人,怕我爷爷。他暴烈的性格在村子里是有名的,关于他的故事,村里的老人们会说起很多,年轻人也很敬佩他。据说,他曾经在地里让最有力气身体最棒的年轻人抱着他的腰来摔跤。那个年轻人不是他的对手,被他结结实实地压在了身下。

童年,我最惧怕的人恐怕就是爷爷了。惹火了他,话没说三句,他就抄起屁股下面的凳子,或者顺手抄起一块砖头砸过来了。我只能飞快地逃走,逃得越远越好。还好,他似乎从来没有追过我。

当我跟着小伙伴们学会游泳之后,我经常会偷偷摸摸地去游泳。我知道,他反对我游泳。态度很坚决,粗暴,并威胁要打断我的腿。但我拒绝不了水的诱惑,伙伴们的呼唤,所以,还是要偷偷摸摸地游泳。童年很奇怪,大人越是反对的东西,我们越是想做,越觉得有趣,做了,还会产生自豪感和成就感。

童年,大家最喜欢玩的游戏之一是捉迷藏。但最刺激人的,还是和大人玩捉迷藏的游戏。

我常常撒谎,当爷爷问我是不是游泳去了的时候,我总是说没有。尽管很想笑，但恐惧的心理抑制住了我爱笑的天性。起初，爷爷是相信我的。后来，他开始狐疑地打量我。有一次，我刚进家门，看见爷爷在枣树底下的躺椅上躺着。

爷爷问我："干什么去了？"

我说："打猪草！"

我提着一筐猪草，放在爷爷的面前。

爷爷说："还干什么了？"

我假装不明白："什么也没干了啊！"

爷爷突然威严地说："说，是不是游泳去了？"

我心里一紧，结结巴巴地说："没有啊，真的没有！"

爷爷站了起来，说："有人都告诉我了，你还嘴硬。来，把裤腿挽起来！"

我不知道爷爷要做什么，忐忑不安地提起了裤腿。

他弯下腰，用手指在我的小腿上轻轻地划了一下，一道鲜明的痕迹暴露在阳光下，就像是被犁铧翻开的泥土一样。后来，我才知道，下过水和没下过水的人，用这个简单的方法，就能被测试出来。没下过水的人，手指划过什么痕迹也不会留下。

我的神经顿时紧张起来，眼睛死死地盯着爷爷的双手，看他有什么动作，以便随时躲闪或者逃跑。但爷爷并没有动手，只是很严厉地训斥我。

爷爷指着枣树下大盆里的水说："这水晒了一天了，洗澡很舒服。以后不要再下水了！"

我胡乱地答应着，但心里很不以为然。游泳，怎么和盆里的水相比呢？我宁可变成水里的小虫子，也不愿意待在盆子里呀。水库里的水是凉的，这盆子里的水是热的。哎，真没法说，不知道爷爷是怎么想的。

随着我慢慢长大，爷爷的训斥少了很多。但他还是反对我游泳。

他有一天突然说了一句很有哲理的话："水里淹死的，都是水性很好的人。"

我承认爷爷说得很有道理，我不会游泳的时候，一般就在岸边浅水里扑腾。撅着个屁股，玩狗刨。知道自己水性不行，所以和深水相距得很远很远。最深的，也就敢走到齐腰的水深程度。怎么都不可能被水淹死。当我水性很好的时候，那就不一样了，总觉得艺高人胆大，自己水性好，什么都不怕，所以，常常游到深水区域，且时间很长。

后来，奶奶告诉我，我爷爷的一个远房侄子，水性特好，在水库里被淹死了。用奶奶的话说，还没娶媳妇儿，太可惜了。

可能是我年龄小的缘故吧，爷爷很少给我讲故事，讲过程，只是粗暴而又简单地下命令。就像我知道数学中的答案，而不知道这答案是怎么来的一样。我终于明白了，爷爷不是限制我游泳，而是替我担忧，怕我出危险。我是长子长孙，爷爷很疼爱我，但他对我的爱深深地埋藏在威严和粗暴里面，我不能体察到他的仁慈和善意。

那个时候，我才上小学没几年，对人和人生的理解只停留在表面。

有一次，我去水库游泳了。这一游，什么都忘了。我们几个小伙伴排成一小队，一个跟一个，像青蛙一样在水里游着，把自己想象成水兵那样。游着游着，突然，前面有人给我传话："不好了，你爷爷来找你来了！"我吓得像泥鳅一样，窜进荷叶丛中，偷偷地向远处的河岸上看。我看不真切，距离太远了。我的耳朵里面灌满了水，也听不见爷爷的喊声。但我这个时候是不敢见爷爷的，生怕他盛怒之下暴揍我一顿。

后来，有人告诉我，爷爷走了，我才偷偷地从荷叶里面钻出来。

我惴惴不安地爬上岸，却发现我的衣服不见了。我像个没头的苍蝇一样，在岸上寻找我的衣服，急得团团转。一个伙伴告诉我说，你爷爷喊你半天，你没答应，他找到了你的衣服，抱回家了。

我脑袋"嗡"的一声，爷爷真够绝的啊。这比打我一

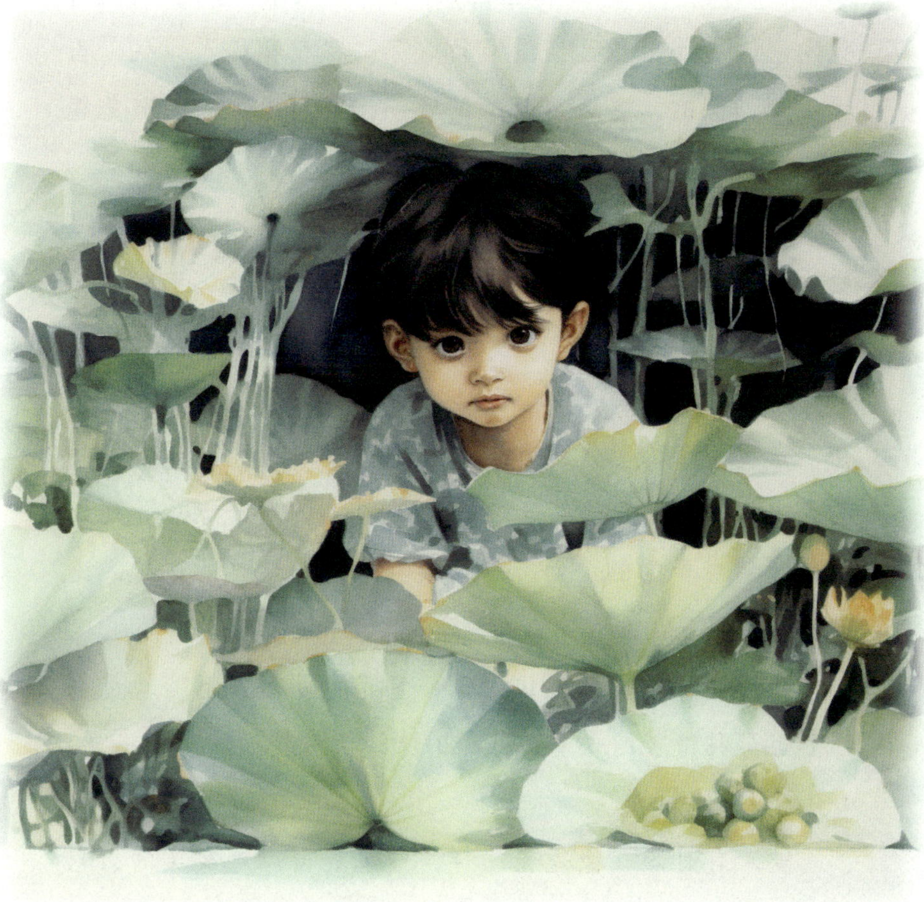

顿更难堪。我虽然还很小,但已经知道了羞耻,知道了性别的差异,让我光着身子从村里走过,怎么行啊?尽管我家就在水库边儿上,但毕竟还要经过不少人家的。这个时候,我发现,远处路上已经没有行人了。我稍稍松了口气,当我看到圆圆的、碧绿的荷叶的时候,我想出了一个避免尴尬的好主意。

我采了两顶大荷叶,一手捂着身子前面,一手捂着屁股后面。两顶荷叶,把最关键的部位给挡住了。光膀子光胸脯,那是没什么的,即便如此,我还是贴着一户一户人家的墙壁走,不敢招摇过市。

当我回家的时候,家里人早吃过中午饭了。母亲见我的窘迫样子,忍不住笑了:"啊呀呀,这个样子啊!"奶奶是故意装着严肃的。而爷爷假装在睡觉。这样的惩罚,比揍我一顿更令我刻骨铭心。

夏天就那样悄悄地过去了,童年也就那样悄悄地过去了。但那种微苦的味道,芬芳的味道,像青涩的时光一样,令人怀念。

爱,有时候就像莲子一样,被包裹得严严实实的,它需要你花费很长的时间,甚至是一生的时间,去剥,去煮,去品,去悟。

晶帽石斛

贵州的朋友，给我寄来一束鲜花，让我供养。她说花的品种叫铁皮石斛，石斛是处理过的，只需要浇水。

我纳闷，怎么看这个品种也不像铁皮石斛。因为宁波的朋友送过我两盒，所以，我怎么看也不像铁皮石斛。我查查资料，才知道石斛的品种众多，而铁皮石斛不过是其中的一种，但眼前这个东西，我实在叫不出名字来。

朋友寄来的花，肉质的，多汁，无一片叶子，只有明显的节痕，犹如微缩的甘蔗一样，淡绿色的。十多枝左右，上面还有枯萎的花的叶片，像是紫色的。这是开过花的。她们很娇弱，几乎无法直立，像婴儿一样，软塌塌地耷拉着。很明显，这是热带植物，真不知道朋友是怎么样的。北京这种天气合适吗？我有些担忧。

我把它种在一个椭圆形的瓷盆里,加了几个小木棒支撑着枝条。每一根花枝,差不多都像手指头那么粗。底端用一块木板垫着,上面是朋友处理过的土,深黑,还有青苔,青苔上面还有细细碎碎的小草。奇怪,不长叶子吗?

每天,我都轻轻地洒一些水,保持花土的湿润。这小小的一块土,竟然让我想起了我见过的滴水崖。想必,这花适合潮湿水分充足的地方生长吧。一天天过去,而她丝毫没有动静。我忍不住心浮气躁起来,也许,这家伙永远只长枝干吧?

突然有一天,在一根花枝的顶端旁边,鼓起了一个花苞,当时我无法确定,这是花苞还是叶子。这个小苞白嫩之中泛一点绿色。渐渐地,像是凌空搭桥,这个小苞分成了两个,身子已经分开了,而脑袋还紧紧地依偎在一起。此时,还不能判定这是花苞还是叶子。当她们完全分开时,我才发现,这是两个花苞。她们像一对双胞胎。紧接着,旁边,又长出一枚花苞。奇怪,这倒是单株的。

花儿开放了,我才发现她们是五瓣的,中间的花蕊白里泛着黄,最奇特的是,两个相对的花瓣里面,各有一块紫红色大斑点,好像刻意涂上去的一样,而在外面,根本看不到。花儿是白色的,花瓣的顶端却是紫色的,像是美女唇上涂了一点紫色的唇膏。大自然真是神奇,我想人类

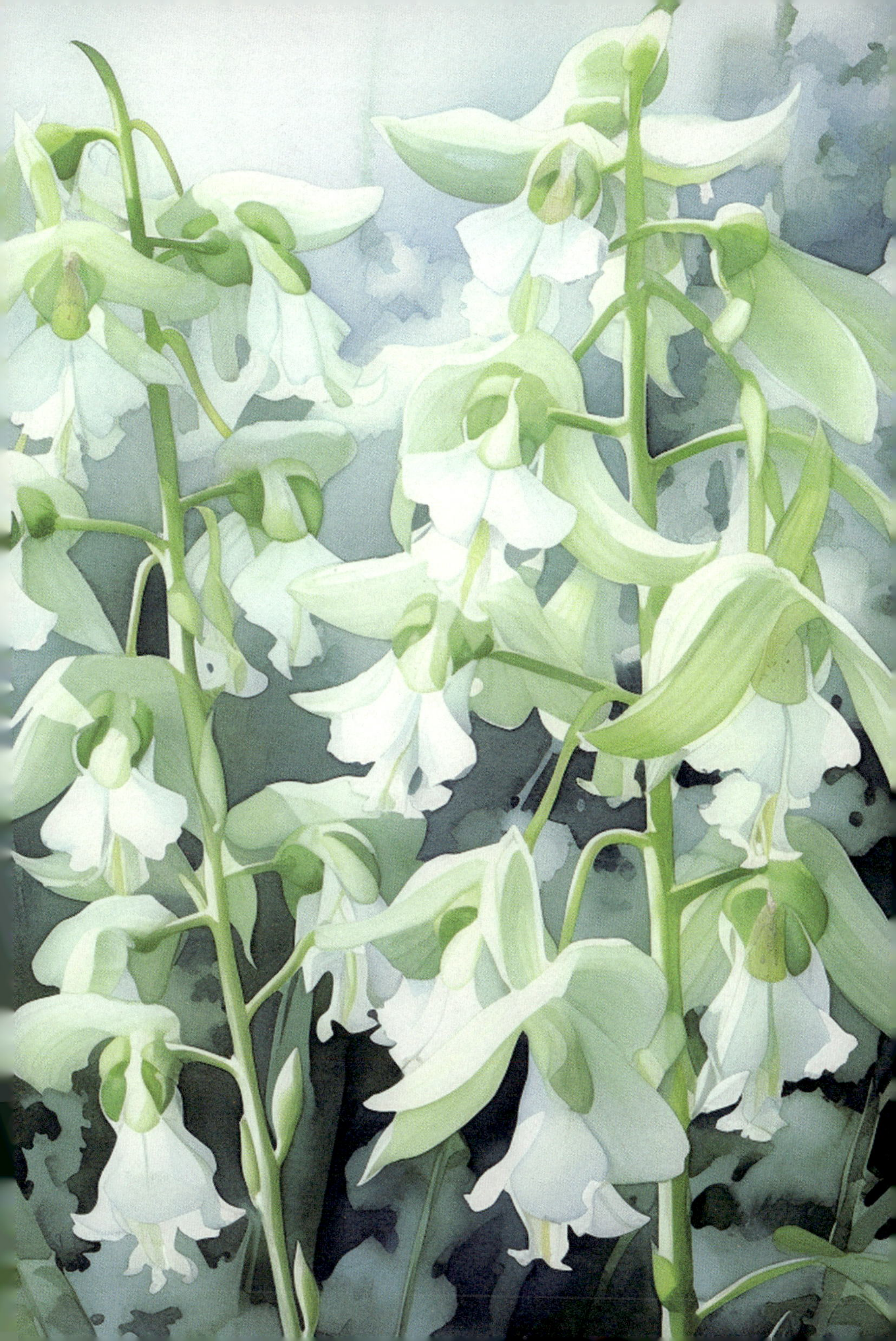

的一切化妆技术，都是向大自然学习的吧？尤其是色彩的搭配，美妙绝伦。花儿的形状已经成形了，再查它的资料，相对容易多了。

一查，才知道这花儿叫晶帽石斛。

多么美妙的名字，多么贴切的名字，多么形象的名字。的确，那一点点的紫色，真像一块紫色的水晶呢。

鼓槌石斛

两年前，朋友从贵州寄来三盆花给我。一盆是兰花，兰花好认，古人说的梅兰竹菊中的兰，在画家们的笔下见过很多次。其余两盆不好认，朋友说是石斛，她给我处理了一下，带着泥土，下面还带着木板。后来我查了相关资料，才知道石斛的品种也有很多。不过，看起来很娇气，每天都要保持湿润，每天都要喷水。

第二年，有一盆石斛开了，晶帽石斛，开得甚是好看。

另一盆，毫无动静。这家伙看起来很别扭，活像一只张牙舞爪的大螃蟹。叶子像台湾竹，细长，没有什么奇特之处。但是鼓起来的茎，圆滚滚的，像是丰满的莲藕。准确地说，像是纺锤。凹凸分明，圆钝的条棱，颇像微缩的罗马柱。但整个形状，怎么看，都像一只大螃蟹。

一年多来,我每天浇水,但它看起来毫无动静。我私下里想,这家伙也许不开花吧。我个人体验,养花如同钓鱼一样,没有耐性是不行的。所以,不管它开不开花,我都须悉心照料。兴许,会出现奇迹呢。

不幸的是,晶帽石斛花开过之后,被我养死了。晶帽石斛的枯萎,让我心里蒙上了一层淡淡的阴影,唯恐这一盆石斛稍有差池,也会离我而去。所以,我更加倍小心照料它。

虽然是小小的一盆花,但给我的想象却是极其丰富的。天天浇水的缘故,石斛的泥土上布满了蛛网般的细丝,还有淡淡的青苔。这样的泥土,是南方特有的,或在瀑布旁边,或在湿润的森林里,我见过。看到它,就会有一种置身南方湿润和清凉的感觉。

两年后的一天,我突然发现现在叶子的中间伸出一根细细的枝条,白中泛绿,很娇嫩,而在枝条上冒出了八个三角形的东西,我很惊奇,也很惊喜,恐怕它们是花苞吧?我无法想象花朵绽放后的样子,我的心情却像点燃了的焰火一样,快乐在不断地升腾。

终于有一天,石斛开了,我也终于知道了它的名字——鼓槌石斛。

鼓槌石斛的花瓣是金黄色的,涂了釉一样发亮。而萼片的颜色,是栗色的。

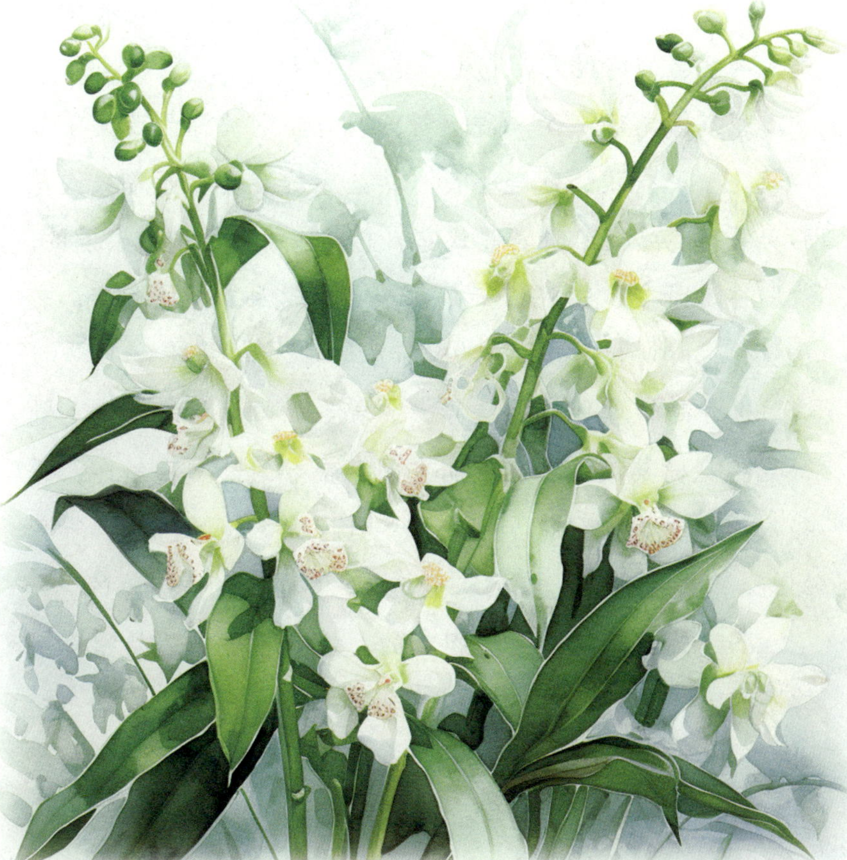

鼓槌石斛，名字起得真美。自然界许多植物的名字，像中国的象形文字一样，给人留下的直观印象很独特，很强烈。与其说植物界的花名是人类智慧的结晶，倒不如说是人类经验的体现更接地气一些。

鼓槌石斛确实是一种名贵的花卉。它被称为四大观赏洋花之一。据说，欧美举行一些盛大的宴会、开幕式或剪彩典礼时，人们给贵宾佩戴它。它表达的意思是：亲爱的，欢迎你。而在6月19日时，子女们将这种花献给父亲，表达爱心，所以它也被称之为父亲节之花。

也许是地理环境的差异，或者是气候的问题，我总觉得这种花极其难养。我在朋友圈晒盛开的鼓槌石斛时，一些人问：这是什么花。还有一些人惊叹：哎呀，这么难养的花，你也能养活。我的心里是有一些小小的成就感的。

不过，我总是有一些担心的，担心它会重蹈晶帽石斛的旧辙。

舌尖上的童年

人类有两大情结,如同顽疾,不可医治。一个是故乡情结,另一个是童年情结。

近来有一种情绪,很强烈地在心中缠绕和升腾。如熊熊的火苗,如茂盛的攀援植物。我很想念儿时吃过的马齿苋,只要一想起来,就口舌生津,喉咙里像在向上冒水,"咕噜噜"作响。

马齿苋在我们乡下,倒是随处可见。在旱地、水浇地里,都有这种草本的植物。不过,二者有个小小的区别。旱地生长的马齿苋,瘦小,瘦骨嶙峋,营养不良,病歪歪的样子。

水浇地里的马齿苋,丰美、饱满,水灵灵的,很青春的样子。菜园子里的马齿苋,尤其茂盛。不过,看护菜园子的人,轻易不让孩子们去菜园子里打猪草,他怕毛手毛脚的孩子祸及菜苗。

生长在菜园子里的马齿苋,常常挂着露珠,阳光一照,如同绿宝石一样闪闪发光。没有露珠的时候,阳光会化成发丝一样细小的颗粒物,渗透在马齿苋的叶片上。马齿苋的叶片,如同葵花仁一样的形状,上面似乎有无数个细小的毛孔,用来吸收阳光和雨露。它的茎是暗红色的,很有肉感。

我童年爱吃的野菜,马齿苋是其中之一。奶奶会把母亲采回来的马齿苋,拌上面,蒸熟,调好蒜泥,供我们享用。那个时候,我是读过《赤脚医生手册》的,知道马齿苋是一种中草药。每当我得意扬扬地炫耀自己所知道的医药知识,说这是一种药,能治什么病什么病的时候,爷爷总是不耐烦地打断我:"闭嘴,吃饭。饭还堵不上你的嘴!"我们家里人都没有什么文化,父母高中都没毕业,爷爷奶奶更是豆大的字不识几个。但他们对我知道的一点可怜的中药知识,一点儿兴趣都没有。这让我很郁闷。

不过,面对美味的食物,我也没必要炫耀什么知识,让虚荣心得以满足。让胃得到实实在在的好处,更务实一些。从小,我就知道务实的道理,很可惜我一辈子都在务虚,抱着书本滋润精神和心灵。拌上面的马齿苋,缓解了马齿苋本身的滑溜劲儿。我总觉得马齿苋这种植物,如同软体生物一样,滑滑的,只要一放进嘴里,它自己就可以从喉

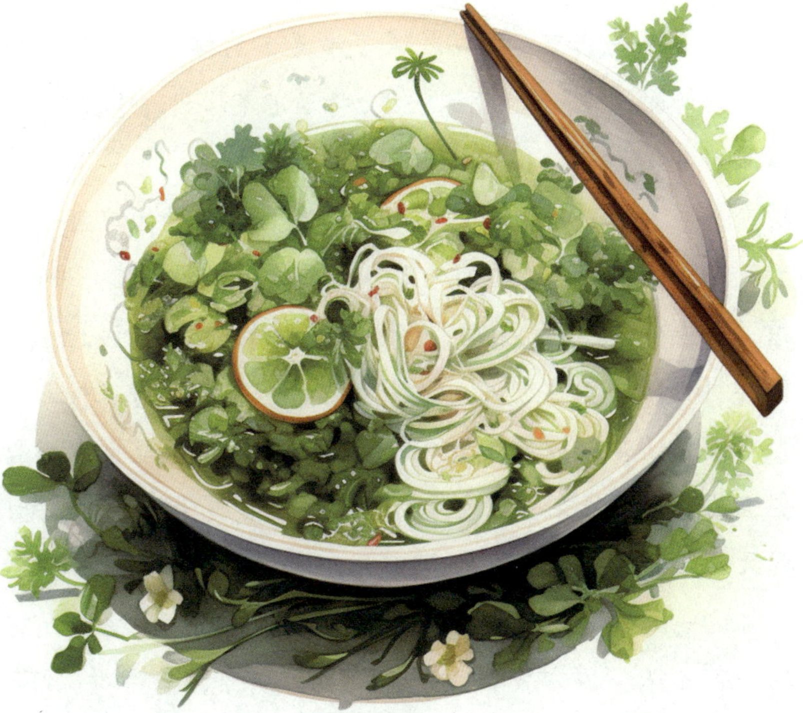

咙滑进胃里。它还有一股子黏劲儿，似乎随时可以黏在口腔的皮肤和牙齿上一样。它似乎有小蜗牛的本领。它本身还有一点儿微不足道的涩味儿，如同茶叶的点滴青涩一样，涩里散着滴滴清香。

经不住舌尖上的诱惑，抵不住童年记忆的侵袭。我到小区开始采马齿苋。第一次采了半斤多的样子，心怯，想不起奶奶的做法，索性用水一煮，拌了凉菜。我边吃边懊悔，如果童年的时候，稍稍关注一下奶奶的做法，也不至于像现在抓耳挠腮一筹莫展的样子了，况且，我拌的凉菜令我大倒胃口。失败，严重的失败。第二次，查阅了相关资料，做了一些准备。淘洗干净，开水一煮，脱水晾干，拌面，结果，面拌得少了，黏黏糊糊，像没有煮熟的猪筋牛筋一样，还很难咬。又是失败。我是个随和的人，但骨子里也有一股倔强的劲儿，我在心里咬牙切齿，不相信成功不了。于是，我又开始了第三次尝试。

这一次，我很上心，采的马齿苋全是嫩的，快要开花的一律不采。偶尔发现嫩的蒲公英、灰菜，也一并采下，我采了一塑料袋，两斤多的样子。淘洗干净，开水一煮，晾干，切成小段，然后拌面，蒸。终于，成功了。我一边狼吞虎咽着童年的美味，一边回忆奶奶，我似乎看到了奶奶，她正在笑话我，笑话我多年以后，依然像是童年的那个我。

我有一点疑惑，奶奶那个时候做的马齿苋，用不用水煮一下？我现在的做法是不是和奶奶的有出入？一切都没有答案了。童年是回不去了，但是马齿苋还在。马齿苋就是一张通向童年的门票，尽管露天影院人满为患，但我还是可以趴在墙头上津津有味地观看，童年的影子还清晰如初，童年的故事还温暖如初。

枣影婆娑

我家的小院里，有五棵枣树。

粗细差不多，可能是同时栽下的吧。奇怪的是，十年，二十年，几乎不见它们成长。大概是生长很不容易的缘故吧。

童年的时候，我很不喜欢枣树。不喜欢它冬天的样子，光秃秃的，黑黑的，弯弯曲曲、疙疙瘩瘩的。树身上尽是细细的裂纹。视觉上的粗糙之状，能给人带来不舒服的感觉。

当它冒出小小的芽儿，我又喜欢上它了。春天，它细小的叶子，犹如娇嫩的榆钱儿，给人一种愉悦的感觉。那种细腻、清新的叶子长在粗糙和充满沧桑感的枝干上，好像一个生命的魂魄和精神附着在另一个生命的身上了。它们如此地不和谐，但又如此完美地搭配在一起。

叶子一天天变得深绿，夏天就来了。那些叶子，上了釉一般，在阳光下闪耀着绿色的光芒。而爷爷，喜欢搬一把躺椅，坐在枣树底下，摇着芭蕉扇。叶子斑驳，影子点点，撒落在地上，爷爷的身上。

爷爷常常是侧着脑袋，呼呼大睡。枣树叶儿摇着，带来了习习微风。

枣树开花的时候，我很惊讶。那点点滴滴的米黄色，犹如米粒。那么小，那么平凡，我几乎都不会把它当作花儿。大自然的神奇和瑰丽，都在这枣树上体现得淋漓尽致了。看看这枣花，谁能想到那红宝石一样的枣子，是它孕育出来的呢？

我始终对枣树保持着敬畏，觉得它能给我一种力量，一种神性的启示。

我听说枣树是不能做木材的，也就是说不能打造什么木器。唯一的用途，好像是可以做镰刀的木把儿，结实。乡下农民收割麦子用的镰刀，几乎都是枣树做的。如果是用别的木材做的，只要拿在手里，轻轻那么一抖，就能辨别出来。它比一般的木头要沉一些。

我家的五棵枣树，不是同一品种的。两棵枣树结出的枣儿，是长形的；三棵枣树结出来的枣子，是圆形的。我不知道它们叫什么名字，但那个长形的枣子，爷爷说是木头枣。很奇怪，怎么会有这样一个名字？

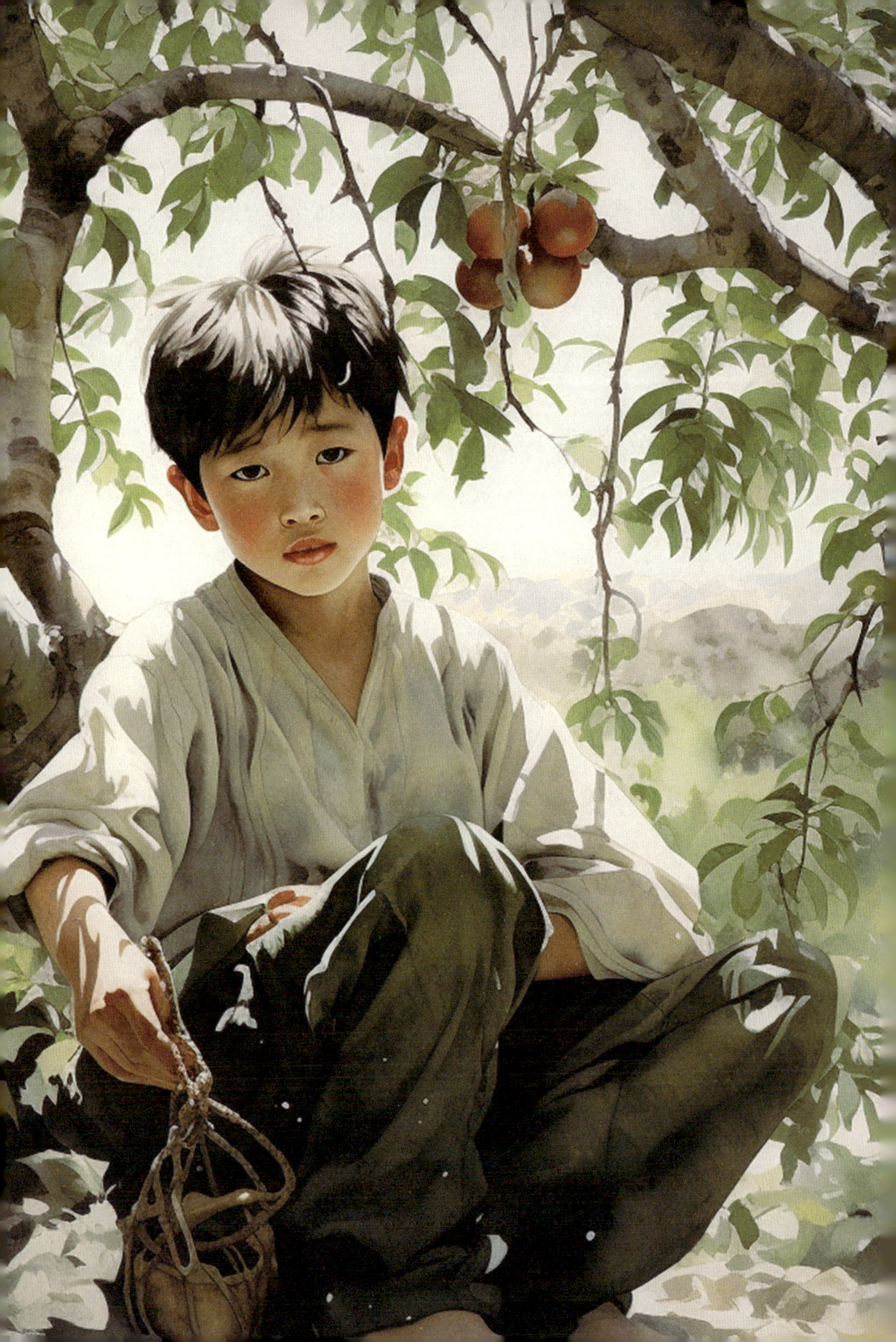

民间的许许多多知识,是无法考证的,在科学上也是找不到答案的。那是约定俗成的东西。这个木头枣,可能是取之于它的味道。长形的枣,不管长得多大,只要是很青很青的时候,吃起来总是没有味道的,如同木头的味道。只有红了,才很甜很甜。我想,木头枣的名字可能就是这样来的。那圆形的枣就不一样了,尽管还青着,只要足够大,它就甜滋滋的了。

当枣儿快要熟了的时候,枝头上硕果累累。所有的枝头,都像成熟的谷穗一样,下垂着,像是一个个害羞的小姑娘。我惊讶,而且还担心,那么纤细的小枝儿,怎么能负担得起沉重的果实呢?

枣儿熟透了,我是够不着的。踩着凳子也不行。和别的男孩子不一样的是,我从小就没有学会爬树。所以,只能指望爷爷来帮我。爷爷的力气很大,他抱着树摇几下,那枣儿就像雨点一样,"噼哩啪啦"落了一地。有时候,爷爷会拿木棒轻轻地敲。

有一个雨天,我抱着枣树摇了几下,落了几颗枣子,爷爷看见后,训斥了我一顿。他说,雨天不能摇枣树,否则明年就不结枣子了。我不知道这是否有科学道理,但爷爷那么一说,我真的不敢在雨天摇枣树了。

生命都有禁忌,人对生命的敬畏,大致就是对禁忌的恪守吧。

我喜欢有月亮的夏夜，在枣树下面铺一张苇席，感受着清凉的风，看枣影婆娑，会产生很多奇怪而又美丽的念头：星星会不会掉下来？月亮会不会掉下来？墙角里有虫子的鸣叫声轻轻传来，这夜晚是多么地宁静。

总是在迷迷糊糊快要睡着的时候，被爷爷叫醒。爷爷从来不让我在院子里睡觉。他说，风一吹，那些虫子们就跑出来了。蝎子啦，土鳖虫啊，蜈蚣呀，蚂蚁呀。我特别怕这些虫子，怕它们在我睡着的时候，钻到我的耳朵里去。有时候，我躺在苇席上，就往耳朵里塞两团棉花，这样心里才踏实。偶尔，我会伸个懒腰，打个哈欠，两只手放在苇席上的时候，一只手会突然摸到一只毛茸茸的虫子。我的脑袋顿时就大了，汗毛似乎都要竖起来。但我也很恼怒，受到惊吓，我会非常痛恨虫子。我跳起来，脱下鞋子，非要拍死那只虫子不可。

那一年夏天，我读小学五年级。我逃了几天课，被爷爷知道了。爷爷怒气冲天，他一生为人正直，非常讨厌歪门邪道的行为。他找来一根绳子，是捆绑庄稼用的那种麻绳，把我结结实实地绑在枣树上。全家人大气都不敢吭，没有人帮我说情，也不敢。

爷爷大声警告全家人：“谁也不许把绳子解开！”

夏天很热,这个时候,我就恨枣树的叶子太细小了,要是能像泡桐树那样的叶子就好了。一片叶子像一把小伞,可以帮我挡住阳光。那细细碎碎的枣树叶子,那小小的荫凉,宛如人穿的纱衣一样,能挡住什么?不一会儿,我脸上的汗就下来了。

过了好大一会儿,母亲悄悄地溜了出来,帮我解开了绳子,小声对我说:"以后不要逃学了啊。再要逃学,我可帮不了你啦。出去吧,你爷爷睡着了,等你回来他气儿就消了!"母亲一松开我,我飞也似的逃出了家门。果然,吃饭的时候,爷爷一句都没提我怎么跑掉的,只是铁青着脸。

很多年过去了,母亲爷爷奶奶相继过世,我童年少年时代住过的窑洞也塌了。等我回到家里的时候,发现那几棵枣树都不在了。我诧异地问父亲怎么回事,父亲说,那些枣树全死了。我心里很悲凉,也许它们都是有灵性的吧,它们随着那些远去的亲人到另一个世界去郁郁葱葱了。

枣影婆娑,摇我,这一颗永远都不圆润的枣子。

可怕的：马蜂和土蜂

小时候，很讨厌马蜂、蜜蜂、土蜂这些东西。大概是我被马蜂蜇过，也被土蜂蜇过的缘故，所以，只要是能从我眼前或者耳畔飞过的昆虫，我都是先一惊，马上躲避，然后再观察是什么东西。就连蚊子和苍蝇这样的小东西，都会让我有片刻的紧张之感。肉体上的疼痛让人的记忆非常深刻，而本能上的反应也会格外强烈。

最早的时候，是被马蜂蜇过。那种马蜂的腿很长，我对昆虫没有研究，不知道那算不算是长脚的大黄蜂，但我知道那家伙的腿很长。飞起来的样子很凶恶。双腿并拢，其长度似乎还要大过身体的长度。这是一种感觉上的印象，是否符合客观实际我不清楚。背部有花纹，中间是细腰，前端和后端都很肥壮、饱满。飞起来的声音也格外大。所以，

可怕的：马蜂和土蜂

我一直管这种马蜂叫长腿马蜂。

那时候，我爷爷在镇政府（当时叫人民公社）做厨师。没事的时候，我喜欢到那里去玩。不知道那些干部是经常下乡，还是经常去县里开会，反正人很少。偌大的一个院子，很多的房子，倒显得空空荡荡的。院子的中心，有一大块菜地，里面种着各种蔬菜。我就像野兔一样在镇政府四处乱窜。到了开饭的时候，我就得离开镇政府，即便我不想离开，爷爷也会把我赶走。爷爷是个做人和做事非常严谨的人，他不希望我占别人一点点便宜。

有那么一次，我不小心走进了大礼堂。那里面阴森森的，好像荒废依旧的样子。对于从小听惯了鬼故事的人来说，这地方大约是鬼最好的藏身地点了。平常这里的门是锁着的，那天不知怎么打开了，我好奇地走了进去。

大礼堂里面很阴暗、潮湿，一进去就有一股寒气和发霉的气息迎面扑来。我往前刚走了几步，心里有点害怕了，就打算往回走。谁知，几只长腿的马蜂把我围住了，脑袋上，额头上，眼睛上，都被蜇了几下。我大叫一声，抱着脑袋就逃了出去。

爷爷听见我的尖叫声，从食堂里慌忙走了出来。一看我的额头上和眼睛上都被马蜂蜇了，有几只马蜂竟然追了出来，爷爷取下肩头挂着的毛巾使劲挥舞着，赶走了那些马峰。他马上带我去了医院，医院就在镇政府的隔壁。医生给我扎了一针，不知道打的什么药。但给我被蜇过的地方涂的清凉油，我却是知道的。没一会儿，我被蜇过的地方就肿起了好大的包，那种疼痛感就像什么小东西在一下一下敲打着我的神经一样，不断地袭击着我。

我的脸，我的脑袋，一下子大了好多。而眼睛，肿得都快看不见了。爷爷很心疼，又很生气，他安慰我说："等爷爷给你收拾它们。"

我老老实实地跟着爷爷，那种依赖感和脆弱感是如此强烈。

爷爷找了一顶草帽和围巾，把自己的脸裹起来，然后走进礼堂里面，找到了几个很大的用纸糊的废弃了的纸帽。他用火柴把纸帽点燃，那熊熊的大火顿时烧了起来。他高举着，直对着高高的礼堂顶上的马蜂窝，一只只马蜂被烧得"毕毕剥剥"作响，然后直挺挺地掉在地上。最后，那只巨大的马蜂窝被爷爷捅了下来，好家伙，比一只大海碗还要大。

过了几天，我被马蜂蜇过的地方消肿了，但我对马蜂却产生了深深的惧怕感。

马蜂蜇人很疼，但若被土蜂蜇一下更了不得。土蜂的体型和蜜蜂差不多，甚至比蜜蜂还要小那么一点点。但它们太相似了，在飞翔的时候很难能区别哪一只是蜜蜂哪一

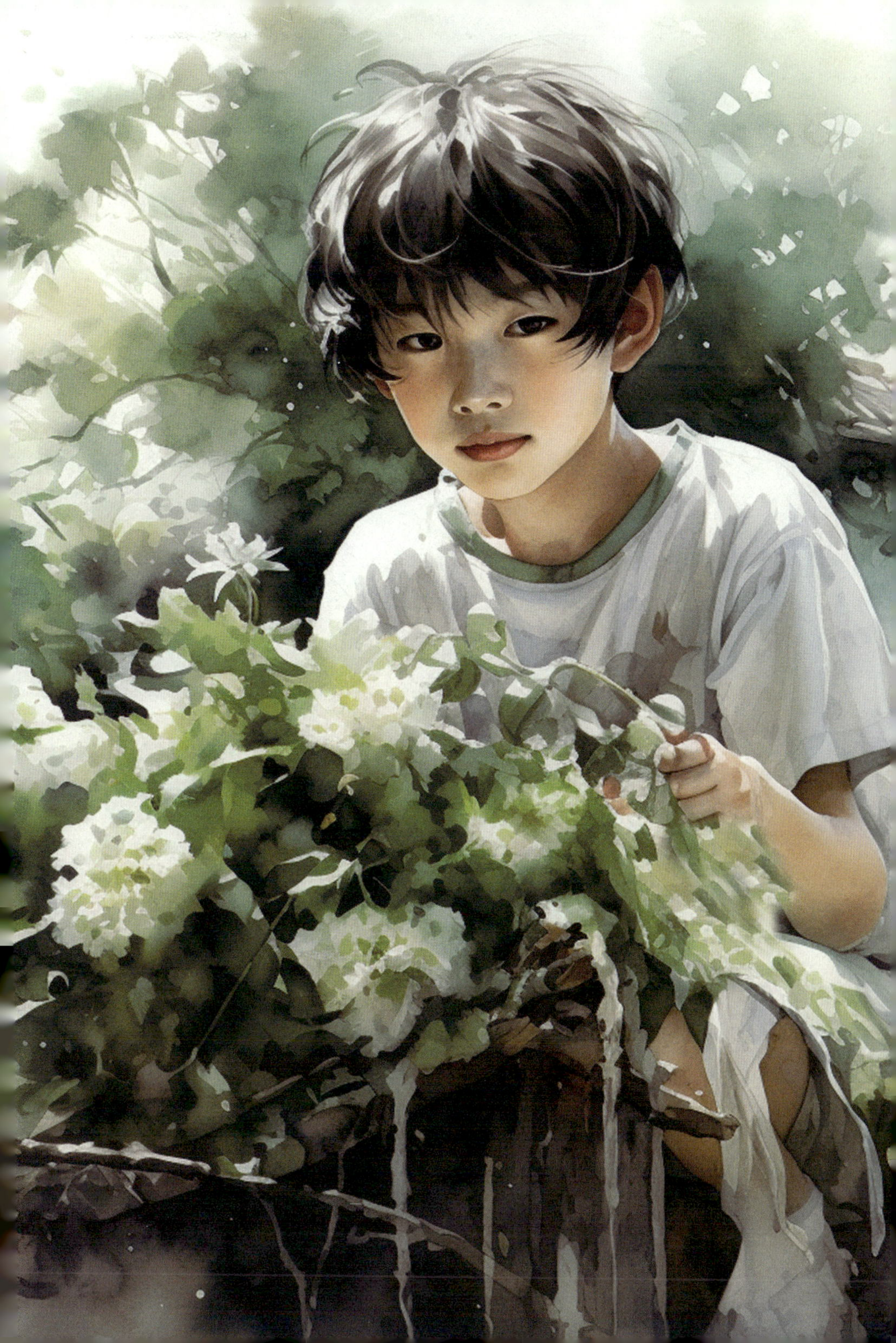

只是土蜂。马蜂是筑巢的，它们不是悬挂在屋檐下，就是挂在树上或者房梁上。稍微留意下，还是能够发现它们的藏身之地的。土蜂就不容易了，它们在田埂上、土墙里那些有洞的地方藏身。我没有见过它们的巢，不知道是不是和马蜂一样，但它们很难被发现。如果你从田埂上走过，看到一两只飞着的土蜂，会误认为是蜜蜂在附近的花朵里采花粉。

  有一次，我去打猪草，看见有很多石块散落在土路上，还有被挖过的痕迹，很多土块零乱地堆在路边的斜坡上。我感到很奇怪，这里好像发生过什么战斗一样。我好奇地往斜坡那里走了几步，看见有几只蜜蜂在飞舞（其实那是土蜂，我没认出来）。也就在一瞬间，我看见几只土蜂向我飞来，坏了，我心想这可不是蜜蜂，蜜蜂可没有这么强烈的攻击性，再说，我并没有招惹它们。我是听说过土蜂的，也就犹豫那么几秒钟，我撒开脚丫子飞快地跑开了。我气喘吁吁地跑了一阵子，发现土蜂没有追来，这才惊魂未定喘了几口气。突然，我感觉有什么东西钻进我的裤子里面了，啊，是虫子，它在我的皮肤上爬行。我的头发都竖了起来。我赶紧拍打自己的裤子，又一个突然来了，我感觉自己被蜇了一下，那种疼痛感比马蜂蜇的更尖利更尖锐一些，我马上挽起裤腿，那只该死的土蜂飞走了。这个时候，我已经比最初被马蜂蜇过的时候大了几岁,忍耐力强了许多。因为刚刚离家不远,所以我很快回家了,用清凉油涂抹了肿起来的部位。没过几天,一切都完好如初了。

事情过去了很多年,但那种印象挥之不去。每当小虫子在我身边飞过的时候,我的神经总是绷得紧紧的,好像那小小的冤家又找我的麻烦来了。

从夏天到秋天

笛声里的童年（外三章）

柳　笛

折一支细细的柳树枝。

折一支粗粗的柳树枝。

选光滑的，一截。一指长足够，更短，亦可。

把两端削平。拧吧，拧吧。

就像脚踩在西瓜皮上一样，哧溜哧溜，管状的柳树皮滑溜溜地就被拧了下来。

举起来，像望远镜一样，可以看见一丁点的天空。模模糊糊，隐隐约约。

削去绿色的浮皮，泛出白里透黄、黄里带绿丝的里皮。用嘴咬扁，用手捏扁，弄成一个像唢呐上面的那个哨子一样的扁嘴形状。

成了，一个柳笛，完美的柳笛。

童年没有钱，买不起真正的笛子。但柳笛带给童年的快乐，一点儿也不少。

这是童年的乐器，童年的音乐。

憋一口气，鼓起腮帮子，使劲儿吹吧。

粗粗的柳笛，像拉管一样，声音低沉，雄浑，有力。

细细的柳笛，像小鸟的鸣叫一样，清脆，响亮，尖锐。

没有更多的变音，只有一个音，持续不断的重复，如那一个"爱"字一样，重复多少遍都不会厌倦，重复多少遍带来的都是花朵初绽一样的惊喜。

乡村少年对于乐器的爱，对于音乐的喜欢，大概是从柳笛开始的吧。

也许，吹出的仅仅是自己的快乐和幸福。

整个世界都在聆听少年的吹奏，其实，他自己并不知道……

麦　笛

麦场上的麦子，晾晒干了。

一片金黄。

趁着"轰隆隆"的石滚子还没有来，赶紧选做麦笛的材

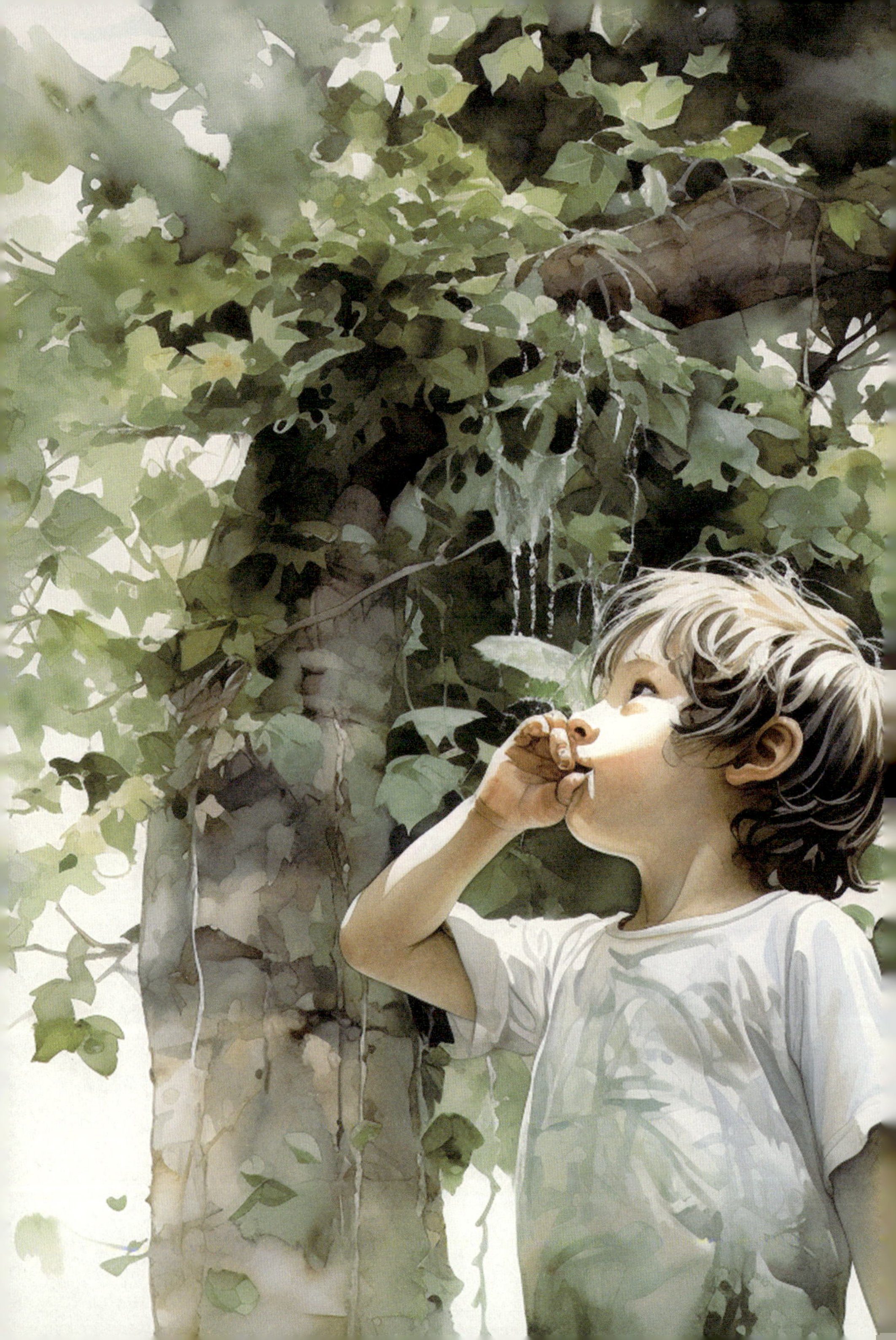

料吧。

像吸饮料的吸管那样,用小刀割去麦秸就行了。

麦笛的制作方法,比柳笛更简单。一刀下去,一剪子下去,麦笛就成了。

牙齿真是个好东西,不仅仅是吞咽食物的搅拌机、粉碎机,也是制作柳笛和麦笛的工具。

轻咬,轻轻地咬,咬扁麦笛的一端。

轻咬的意思,不仅是制作麦笛的需要,而且包含着戒备的元素。因为一不小心,麦秸就会戳伤嘴巴里面柔软的皮肤。

柳笛带着春天清新的味道,麦笛带着夏天芬芳的味道。

把麦笛噙在嘴里,整个夏天都憋在胸腔里了。

吹吧,吹吧,吹吧。

很奇怪,麦笛的声音总是很短促,但费的力气似乎更大。

每一种植物都有自己的特点,如同每一种金属所发的声音各不相同一样,麦笛和柳笛的声音大不相同。

麦笛有一种金属的味道,也许是麦粒的果实赋予它的特质吧。

吹柳笛的时候,似乎站着吹更美妙。

吹麦笛的时候,似乎躺着吹更奇妙。

躺着吹麦笛,有一种懒洋洋的感觉。恍如置身于夏天成熟的麦田里一样。

从夏天到秋天

是不是也有丰收之后喜悦的成分在里面,我不知道。但我知道,吹着麦笛,很容易进入梦境,或者仙境。如童话一样。

麦子特有的味道很浓烈,一呼一吸之间,人都似乎要醉了。

柳笛容易让人兴奋,麦笛容易让人沉醉。

芦　笛

故乡有一片芦苇地。

我喜欢在芦苇地的周边打猪草。这些像竹子一样的芦苇,给我无边的遐想。

如同电影里的镜头一样,瞬间,它们就占领了整个村庄。神奇。神秘。震撼。令人敬畏。

芦苇丛中,苇鸟的鸣叫声,很奇特。那欢快的叫声,高亢,但又混乱。

就像人在喝水,突然被呛着了。就像人说话的时候,突然咳嗽起来。苇鸟的叫声,给我的感觉就是如此。

苇鸟一叫,心浮气躁。夏天的烦闷,似乎都是被苇鸟叫出来的。

突然之间,苇鸟沉寂下来。整个芦苇丛寂静得让人恐怖。

我喜欢在芦苇周边打猪草,是有一种诱惑在吸引我,呼唤我。

芦笛。

芦笛最接近竹笛,我们通常意义上的笛子。可以在选好的芦苇上挖几个孔,煞有介事地装笛师演奏的样子。

田野,庄稼,天空,树木,飞鸟,都是自己的听众。想象力的富有,有时候来自贫瘠的土地和偏僻的乡村。

我知道,芦笛里有笛膜,那薄薄的薄膜,正是笛子上的笛膜。我是从小学音乐老师那里知道的。他吹拉弹唱样样精通,而且还自己从芦苇里提取过笛子的笛膜。

相比柳笛,麦笛、芦笛更洋气一些。大自然似乎在冥冥之中有一种启示:人的进步或者进化,从大自然中汲取了智慧和力量。

做芦笛,更要万分小心,锋利的芦苇有时候比刀子还快。我的手指曾经被划伤过,血流如注,我都被吓哭了。

吹奏芦笛,思绪会飘得很远很远。

甜蜜,快乐,但又带着淡淡的忧伤。

叶　笛

童年总有许多难以启齿的秘密。

童年总有许许多多难以弥补的缺憾。

我始终不会吹叶笛,可能算一个。

无论是大人,还是童年的伙伴,只要他们一吹叶笛,我总是仰望而又羡慕的样子。

我觉得他们很了不起,能够吹响叶笛。我偷偷在底下练习了很多次,但是,很失望,很沮丧,我始终都吹不响。

叶笛的叶子,也许越薄的叶子越好吧。比如说,洋槐树的叶子,薄得像笛膜一样。

看着别人用两只手捏着叶子的两端,放在唇间吹响。我如同看马戏表演一样,如痴如醉。

不能不承认,人与人之间总是有差异的。极简单的事情,总有人学不会,做不了。

也许是我的嘴唇太厚了。

笨嘴笨舌,笨头笨脑,是父亲在童年给我的最为深刻的评价。

有时候,我很沮丧,承认这个事实,接纳这个事实。

有时候,对着镜子,看着厚厚的嘴唇,笑笑,我对自己说:"不会就不会吧,天生的!"

很轻松地,我就原谅了自己。

西府海棠

第一次见到西府海棠花开，绝对有一种震撼的感觉。如果实在找不到词来描写这种震撼的感觉，借用陆游的诗句来表达倒不失为一种聪明的选择。

陆游云：虽艳无俗姿，太皇真富贵。本来嘛，西府海棠就有花贵妃的美称。不过，我还是更喜欢苏东坡的诗句：只恐夜深花睡去，故烧高烛照红妆。同是赞美西府海棠的诗句，陆游的写实，写西府海棠的品格之美；苏东坡的诗飘逸，轻灵，更有诗意。

不过，现实生活中，尚有不少人并不知道西府海棠的名字，他们会在梨花、苹果花、桃花和杏花之间选择和徘徊。其实，仅凭一片叶子，就能把西府海棠和梨花、桃花、杏花区别开来。因为西府海棠的叶子和苹果花的叶子很相似，与梨花、桃花、杏花区别大了去了。从花瓣的大小和颜色上，又能把苹果花和西府海棠区别开来。

我们社区，种了很多西府海棠。西府海棠花开的时候，整个社区像节日一般沸腾。大姑娘、小媳妇、中年妇女和老太太们，拿着手机拍个不停。然后站在花树跟前，摆出各种姿势和花儿合影。那种幸福和快乐的感觉，纯而又纯，竟然让人生出许多美好的感慨来。人性之中的各种缺点和弱点，被清洗得一干二净。可见，大自然是多么神奇；美，又是多么有力量。

西府海棠的品种据说不少，但被统称为西府海棠。我对西府二字一直不解，后来才明白原来是指宝鸡地区。宝鸡在关中平原以西，2009年西府海棠被定为宝鸡市的市花，所以，人们才用西府海棠的名字统称其他不同品种的海棠。我心里一热，顿感亲切。我生于山西运城，工作在陕西宝鸡。生于山西运城的夏县，工作于宝鸡的岐山县。数年的工作经历，尤其，那是最青春时候的工作经历，所以有一种熟悉的亲切的感情包含在其中。因而，知道西府海棠名字的由来之后，我更是比其他的木本花卉要高看西府海棠好几眼。西府海棠的颜色有粉红和粉白之别，但我更喜欢粉红的颜色，觉得它热烈，青春，健康，高贵，艳丽。

我已经记不得了，是金波先生还是张之路先生，他们给

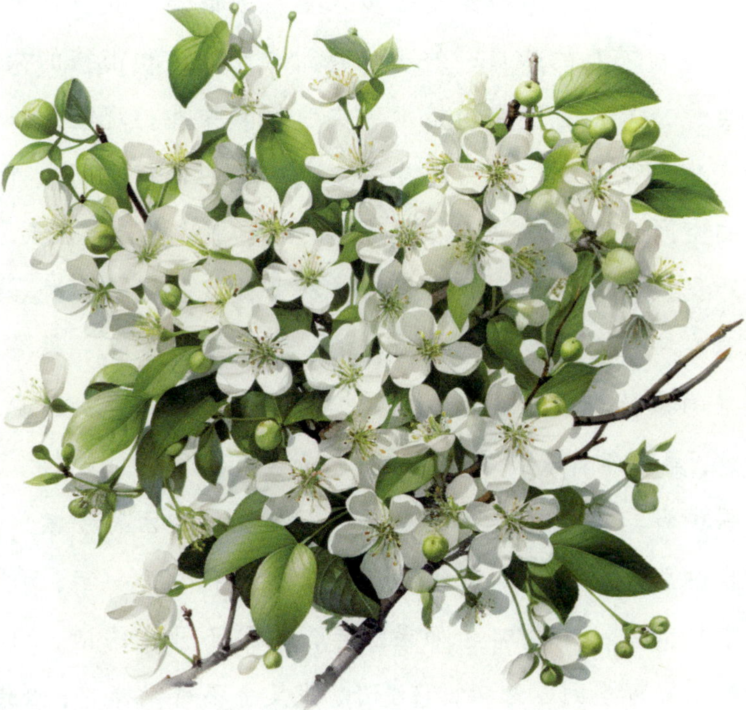

我讲过,这种海棠果能吃。也许,他们都给我讲过吧,他们北京人,尤其是那些从小生活在北京的人,几乎都吃过海棠果,好像是冬天用冰冰着吃。酸里带着甜。我无法想象,只能想象它和冰糖葫芦差不多。那时候经济不发达,水果种类少,所以,冰海棠是很多人童年的最爱。我自己也品尝过海棠果儿的味道,的确是酸甜味儿的,和山楂的味道有点像,只不过没有山楂那种尖锐的酸味儿。现在几乎没有人吃海棠果了,因为现在的水果一年四季都不断,可选择的空间大到无边,所以,被遗忘的海棠果只能自生自灭了。

  我挖了一棵小小的西府海棠树苗,栽在我的窗外。我特意在一棵粉红色的西府海棠的大树坑里,挖了一株分蘖出来的小苗。我喜欢粉红色的嘛。这棵小树像是知道我的心意,第二年就长得亭亭玉立了。第三年,我想,该开花了,结果没开。第四年,还是没开。现在我种的西府海棠像小学生的胳膊一样粗了,结果还是没有开花。每一年,我都会在秋天发一个誓言:如果明年,它再不开花的话,我就伐掉它。可是到了来年,它没开,我又舍不得伐掉它,心想:明年,它会开花吧。我一直是相信奇迹的,一直是期待奇迹的,为此,我还写过一首诗《明年会开花吧》,这首诗后来成了我一本诗集的名字。等待是美丽的,但又是煎熬的,折磨人的。一切的美好,一切的收获,都是需要人的耐心的,可是，人的耐心往往是有限的。所以才有了那句名言：失败和成功只有一步之遥。这一步，会成为不同的人生，这一步，会成为不同的世界。

又到了秋天，海棠果儿成熟了。每天清晨，西府海棠的树下，都会落下一大片一大片的海棠果儿。不知怎的，我有一点忧伤。这些可爱的、圆润的、饱满的、鲜红的海棠果儿，像是被遗忘的世界一样。它的收获，并不能带给人们丰收的喜悦。也许，这是实用主义的丰收标准吧。一代人的记忆，从此远去了。如果不是儿童文学界的两位前辈给我讲过他们小时候的事，我根本不可能知道他们那一代人的经历。这些红红的海棠果儿，像被遗忘的童年、被遗忘的玩具、被遗忘的老童谣一样，从此远离人们的记忆。

我种的西府海棠树，越来越大了，大到不忍再去伐掉它了。"明年会开花吧"的强烈的期待之情，被消磨得似乎快要殆尽了。但我毕竟修行不到那种坐看云起的超凡脱俗的至高之境，所以，我还是想弱弱地说一句：明年会开花吧！

快刀乱麻

第一次见到快刀乱麻,忍不住笑了。

肉肉的,多浆的植物。

能掐出水来的植物,能勾起人食欲的植物。很奇怪,感官是如此地俗气,喜欢起快刀乱麻来,简直找不到比热烈更盛情的词语了。

不过,在没有见到快刀乱麻之前,倒被它有趣的名字深深地吸引住了。快刀斩乱麻,这句成语习惯性地飘入脑海。它的名字来源于这儿吗?文学的想象力比科学的想象力有趣的原因就在这里。

去年夏天,楼上的大姐,送给我一小枝,养到冬天,毫无动静。大有一生就是这个样子了的感觉。于是,被我这个没有耐心的人废弃了。

快刀乱麻

岁末之时，太太给楼上大姐送了一本台历，大姐送了我们一盆快刀乱麻。这盆快刀乱麻，是开过一朵的，长得开了的快刀乱麻，绰约多姿的风采可以全面领略。

快刀乱麻的生产地是南非开普省大卡鲁高原的石灰岩地带，不知道那地方是不是穷山恶水，环境恶劣。在我个人的意识之中，肉肉植物一般不太需要水，它们生长的地方缺乏水资源，需要大量地储备水，而它们自己不需要什么水。就像那些自带阳光的人，他们不太需要什么阳光，因为他们自身就是太阳的一部分。肉肉植物，大约也是这样的吧。

这一次的肉肉植物，已经长出三个分叉了，或者说是三个分枝组成的。它们胖乎乎、水灵灵、肉乎乎的样子，给人一种饱满的感觉，饱和的感觉。似乎它很幸福，世界上一切能包含幸福元素的营养，它都吸收过了。此生来过，死而无憾。这就是快刀乱麻给我的感性认识。

快刀乱麻的叶子，都是厚厚的。叶子挨着叶子，叶子挤着叶子，紧密团结，不允许插足的样子，真像相亲相爱的一家人。但它的花苞，却是从叶子的中间冒出来的。用我个人的理解，叫腋生。一朵已经凋谢了，像是一个伤疤，还没有愈合。而在它旁边，又冒出一个花苞，灰绿色的外形，和别的叶子上的颜色大不相同。快刀乱麻，是灰绿色的。

125

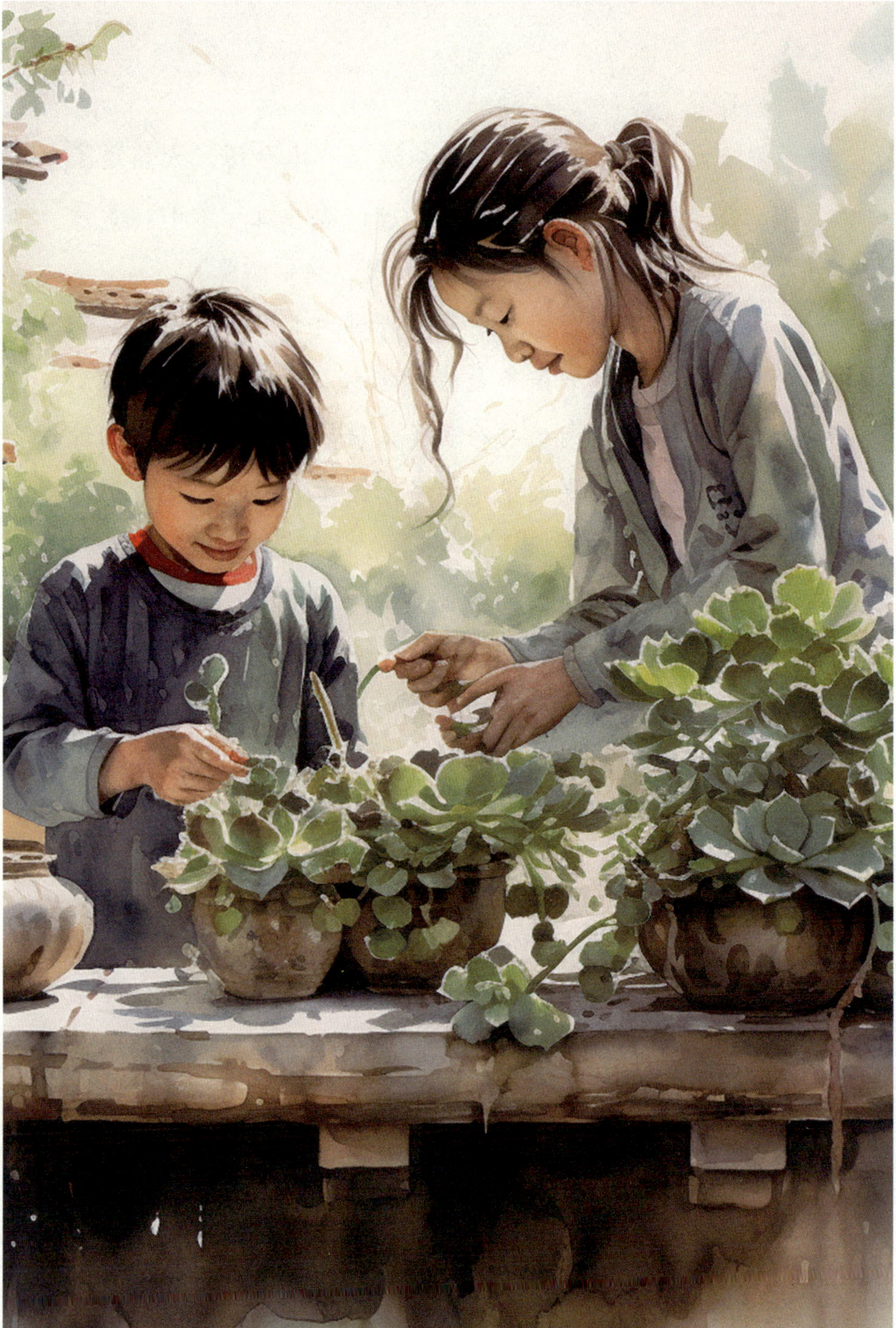

而花苞，则是灰绿色渐渐消除，黄色渐渐泛开的颜色。犹如白天正在离去，黑夜正在降临的感觉。

不知怎的，第一次见到快刀乱麻，我会想起老家窑顶上长出来的瓦松。瓦松虽然是景天科瓦松属的植物，但它给人的感觉依然是肉肉的，像肉肉植物一样。不过，快刀乱麻，很绿，水灵，瓦松则是灰绿黄白的多种混合，给人一种沧桑的感觉。

我家窗台上开出的第一朵花，把我给惊呆了。看着圆圆的、金黄的花瓣，这才明白快刀乱麻是多么形象。那一片片叶子，真像一把把刀片，不是一般的刀，是砍刀，犹如山里人砍柴用的刀。花瓣，一丝一丝的，像麻丝一样纤细。我喜欢植物形象化的名字，而在民间流传的各种花卉的形象化的名字，是"高手在民间"这句话最贴切的感性的演绎。什么样的科学工作者，什么样的科学家，也比不了。因为，它是群众的智慧。尤其是那些冷冰冰的植物的名字，给人一种僵尸一样的感觉，毫无生气，毫无热情。还是形象的好，瞧，鸡蛋花，狗牙花，地雷花，烧饼花……没见过，也能想象出几分它们的样子。

早晨，快刀乱麻的花朵开了。夜晚的时候，又闭合了。我当时很诧异，很遗憾，觉得快刀乱麻的花期也太短了。谁知，第二天早晨，它又开了，午夜时分，花瓣又闭合了。

从夏天到秋天

原来这花和牵牛一样,都是日出而开,日落而闭啊。三天之后,它就彻底凋谢了。换一句话说,它的花期只有三天。

第一朵凋谢了。第二朵,第三朵,跟着开花了,真有点赶趟儿的感觉。它们喜欢热闹不喜欢孤独的样子,真像是一个个顽皮的孩子。

夜半香来

半夜醒来。

突然，感觉到一阵浓烈的香气以排山倒海之势猛烈撞击我的肺部。如果在海边，那就是令人头晕目眩的海啸。我想咳嗽，但这种香气硬生生把我的咳嗽给压制了回去。

窒息的感觉。

我诧异，不知道是太太还是女儿给房间喷洒了香水吗？或者是她们两个人的房间，其中一个洒了香水？我们三个人一人一间，每个人都有自己独立的空间和自由。

我在太太的门口嗅了嗅，又在女儿的门口闻了闻，奇怪，这种香气不是她们房间里传出来的。

这是什么香味？米兰，九里香，茉莉，桂花，这些芳香植物在它的面前，简直就像小儿科，不值一提。

我像一只猎犬，在屋子里四处找寻。终于，我找到了香气的源头。那是在墙角，一棵比大拇指粗不了多少的巴西木散发出来的。

巴西木开花了。

我还没有从浓烈的香气带给我的惊喜中缓过劲儿来，猛地，又一个浪头向我砸来。我喜欢大海，喜欢在大海里游泳，这香气这花开让我又找到了体验大海的感觉。两个都是我人生的第一次体验。

我无法用更确切的语言来描绘这种香气了，只感觉到自己要被熏晕过去一样。如果说别的花的香气像小米汤的话，那么巴西木的花儿的香气就像是黏黏糊糊的面糊糊了。浓度、黏度、厚度、重度，都远远超过了别的花的香气。

巴西木的花朵是从巴西木的顶端冒出来的。这棵巴西木比我的个子稍微矮一点点，一米七左右吧，除去花盆里垫的土，净高最多一米七。不粗，像大拇指一样。从顶端抽出的花茎，可能是重量的缘故吧，几乎全部是倾斜的，其形状很像清朝官员们帽子上的顶戴花翎。巴西木的花朵小小的，比桂花大不了多少，乳白色，略微泛黄。可能是在墙角的缘故，其色并不是黄绿色的。穗状花序。

当我转向另一个墙角时，我发现另一盆巴西木也开花了。这盆巴西木上的花朵是竖挺的，亭亭玉立。我的心里

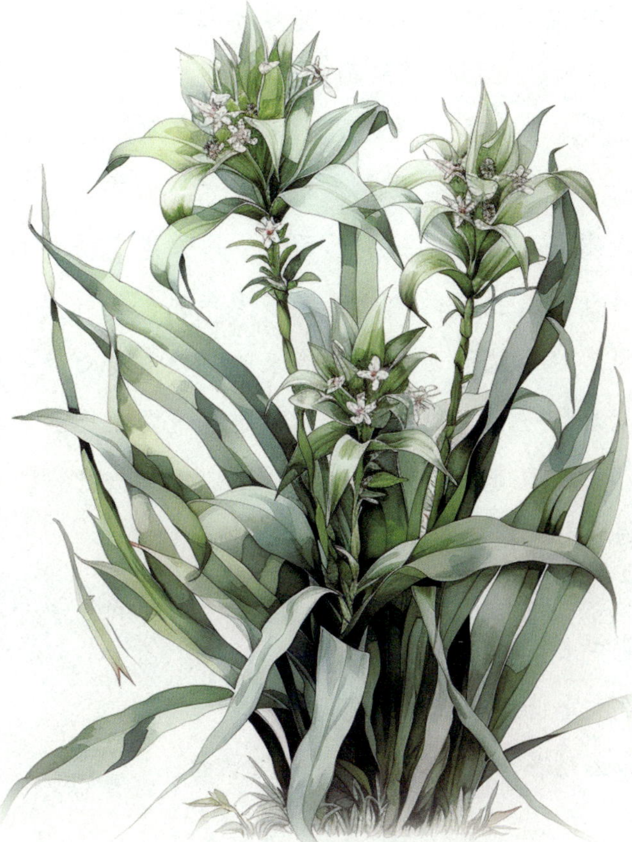

也像开花了一样，幸福感、快感，像大海的微波一样，一波一波向我涌来。不过，这盆巴西木是由三棵组成的，每根巴西木都像胳膊一样粗。前面单独的一棵，是没有母体的，像是单独种植的一样。而这三棵母体的巴西木上高高低低长出了好几株，它们的粗细都差不多。

通过几天的观察，我发现巴西木只在夜间开花。白天时，它们就闭合了，花苞犹如大米粒那么大。而香气，淡到近乎无的程度。我科普了一下巴西木，才知道它需要养十年之后才会开花。我这两盆，养了多少年呢？很好笑，我不知道。因为这两盆巴西木是我捡来的，就像爱心人士收养流浪猫流浪狗一样，我喜欢收养植物。这两盆巴西木都是奄奄一息，连我自己都觉得养不活了，但我不死心，抱着试一试的心态，把它们从垃圾桶旁边抱了回来。

没想到，它们竟然活了。而且，越活越葱茏。

夜半香来。

巴西木是悄悄来报恩的吧。

我那么想着，心里暖暖的，美滋滋的。

地　肤

　　河南省长垣市。

　　中午吃饭的时候，桌子上的一道菜引起了我的注意。墨绿色的蒸菜，拌了面，挂了一层霜似的。细细的长条，像刚刚冒出来的柳树细叶一样。

　　会不会是面条菜？小时候，麦地里面长的那种面条菜。面条菜学名叫麦瓶草，也是一种中药材。那个时候，我们并不知道它叫面条菜，更不知道它叫麦瓶草。许许多多的植物，也是近些年才感兴趣，千方百计搜集它们的资料。尤其是那些儿时熟悉的、叫不上名的花花草草，更是迫切地想知道它们的名字，好像相处了多年的朋友，不知道它们的名字一样，我是怀着一份歉然的、道德的羞耻心来进行这项工作的。

我用手指着那盘菜问道:"这是什么菜呀?"

坐在对面的小王,看样子是八零后、接近九零后的青年,他的脸儿一红,轻轻笑了一下,但没有回应。我觉得他应该知道这道菜,所以又问了一声。一桌的人,表情木然,冷漠,没有人知道。

小王又是一笑,这一次笑出声来了。他有点不好意思地说:"扫帚苗。"

我哈哈大笑起来。

我终于理解小王为什么要笑了,他的笑有两层意思。第一层,扫帚苗属于司空见惯的野菜,用它接待我有点廉价,不上档次;第二层意思,扫帚苗长大后可以做扫帚用,而扫帚是扫垃圾用的。在饭桌上谈论它,实在不雅,好像一个人在吃饭的时候,听到别人大谈特谈厕所一样,多多少少有点倒胃口的意思。

我可不管这些,我觉得太亲切了。像我这种从乡下走出来的人,对土地上的一切都怀有深厚的情感。就像鱼儿遇见水一样。在我骨子深处,总有一种情结生机盎然,郁郁葱葱。我觉得我本身就是一株野草,遇到土地上的一切植物便有一种回家的感觉,那是一条通向村庄的路,别人不能察觉,我却欢欣鼓舞。我想,所谓的精神便是这种感觉吧。

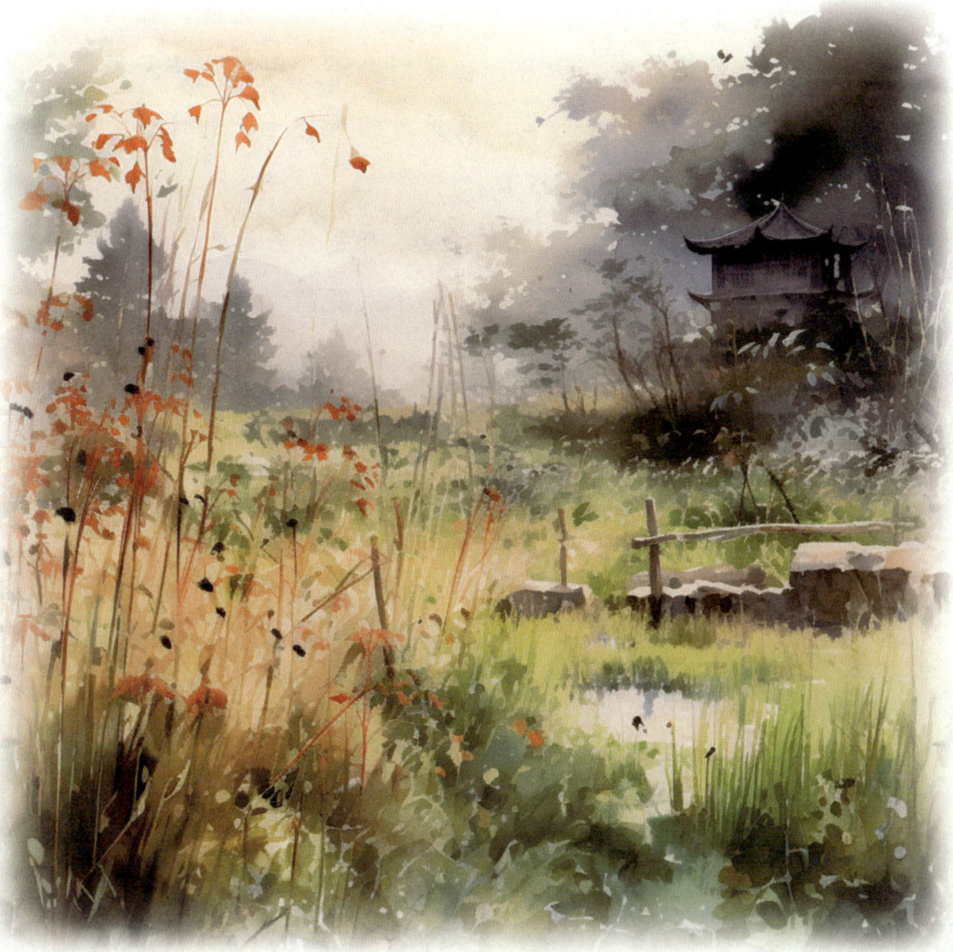

我夹起一大块，蘸点蒜泥，塞进嘴里。嚄，棒极了。很柔韧，耐嚼，还有点滑腻的感觉。我惊讶了，这么好吃的东西，年过半百了，才第一次品尝到。小时候，我根本不知道扫帚苗能吃。而且，在我们乡下，用扫帚苗做扫帚的人，极少。但那个时候，我见过扫帚苗生长的样子，也见过别人用扫帚苗做的扫帚。

打我记事起，我们家用的扫帚，都是竹条做的，大大的、沉甸甸的竹条扫帚，只有爷爷一个人能舞动。他的胳膊像树一样粗壮，拳头像碗口那么大。他略一弯腰，双腿岔开，在地上每扫一下，院子里都会想起刺耳的、嘹亮的"哗啦"声。在我眼里，扫帚就像是爷爷的兵器一样，他简直就像鲁智深，在挥动自己的禅刀。若是父亲扫院子，那把扫帚会把他累得气喘，大口大口喘气，而母亲和奶奶，扫一下，都得歇半天。记得母亲有一次向我抱怨："买扫帚也不知道挑小一点儿的。"母亲的话，只能背着爷爷说给我听。若是爷爷听见了，他会鼻子里冷哼一声。我知道，爷爷会在心里感慨："一代不如一代了！"乡下人，没有一个好身体，没有力气，那可算不上一个好农民的。

我去一个同学家里，见到过同学的母亲，用扫帚苗做的扫帚扫院子。第一次见扫帚苗做的扫帚，我很惊讶，惊讶的程度不亚于见了外星人。同学的母亲个子矮小，抱着圆葫芦一样的扫帚扫院子，很轻便。我们家的扫帚，竹子做的，两米多长，而扫帚苗做的扫帚，只有一米左右。若说重量，竹子做的扫帚，像金属一样沉重，而扫帚苗做的扫帚，棉花一样轻柔。若用兵器比喻，竹条做的扫帚像一挺重机枪，扫帚苗做的扫帚只能算一支卡宾枪。而且，扫帚苗做的扫帚，非常适合个子矮小和力气小的人使用。

但我还是不明白，扫帚苗是一种什么东西。在捆束得紧紧的枝条中间，有一些干枯的红叶夹杂其中。后来，我去别人家里，看见一棵正在生长的扫帚苗，嫩绿的叶子，细长的形状，只有柳树叶子的三分之一。只是那种绿，那叶子，好像女孩子的笑意一样，给人的感觉总是欢快的。上面细细的绒毛，像蒙着细纱、细雾，如梦似幻。这种植物，颇有点小家碧玉的感觉。它和所有的植物都不太像，好像比别的植物出身娇贵一点儿。

我终于搞明白了，扫帚苗的学名叫地肤，它的种子叫地肤子，有除湿热的功效。

秋天以后，地肤嫩绿的颜色会逐渐变红，红的细腻，像红红的嘴唇一样的颜色。

自从窗外长出一株地肤之后，我就怀着极大的热情，密切地关注它的成长过程。起初，它冒出芽的时候，我并没有认出它来。在一片茂密的地雷花的旁边，它弱不禁风的样子，差点儿让我把它当成一棵不知名的野草。尽管它和狼骑尾巴草有几分相似，但在它没有分叉之前，我还不能确定它就是地肤。如果不是我对植物抱有浓烈的探究之心，恐怕它早就被我当成野草给除掉了。

不知道为什么，它长出了黄黄的叶子。所有的地肤都有此特征，或者它是个例外？它开始分叉的时候，我认出它了，但我有几分担心。它发亮的黄色叶子，几乎占了三分之一，难道它要枯干吗？植物学的知识一般而言是准确的，但它们并非那么精确。这是大自然的神奇之处。我担忧，怜悯，唯恐它会半路夭折。种种关于地肤的记忆每时每刻都在激荡着我的心灵。但我发现，那些发黄的叶子，逐渐开始变绿，并非枯死的迹象。当它超过一米五的时候，那黄色的叶子依然醒目，好像满头黑发的人长出了一片白发。我暗暗发笑，每次看到它的样子，总是忍俊不禁。

地肤是一年生的草本植物，按照植物百科知识的介绍，它的高度为50~100厘米。但现在它都已经超过一米五了，能不能长到两米，不得而知。看样子，到了秋天，它发黄的叶子才会全部变绿。这个夏天，几乎是不大可能了。但我发现，它黄色的叶子，是朝向东方的那一面，会不会和光照有关？

中午的那顿饭，吃得格外爽快，我的胃里只有扫帚苗蒸菜的感觉。可口的食物，总是让人心情愉快。也难怪，吃货两个字如此时尚。以前，吃货便是饭桶的意思，带有羞辱人的成分。

第二天，我依然提出要吃扫帚苗的蒸菜，但令我失望的是，不知道是面拌得少了，还是扫帚苗有点老了，口感无论如何也比不上第一次。

窗外的地肤，好像在表演舞蹈，枝枝叉叉，都在充分舒展。也许，它感受到了我的关注和热情。我不由地想到了另外一个问题，也许，当一个人对植物产生一种爱意的时候，植物便会最大限度地向你展示出它的种种可爱之处。

从夏天到秋天

地雷花

每当我讲座提到"地雷花"的时候,数以万计的小学生都会发出开心的笑声。他们以为"地雷花"是我童话里的花卉,是我自己创造的。其实不是,它的学名叫紫茉莉。它还有其他的名字:洗澡花,晚饭花。

我一直觉得,老百姓给花卉起的名字,比植物学家给花卉起的名字更形象,更有想象力,它们总是根据植物的某些特征取的。比如说,地雷花,指它的种子外形,像一颗小小的地雷一样。不仅黑色,而且还有地雷上面的花纹。晚饭花、洗澡花都是根据它的开放时间起的名字。这也不尽然,大清早,地雷花也会开的。

地雷花是地地道道的草本植物,整株植物看起来都水意盈盈,好像一掐就出水一样。按照科学的解释,地雷花最高

地雷花

可达一米,实际上要远远超出一米,如果养得好的话。叶片是卵状三角形的,阔大,几乎可以和鬼子姜的叶片相提并论。如果不去科普,根本不知道它的原产地在美洲热带地区。其实,我国从南方到北方,都普遍有野生或供养的。这种植物对生长的环境要求不高,人工养起来非常方便。它的花朵基本都由五瓣组成,颜色不太多,只有紫色、白色、米黄色,或者两种颜色杂交。我们最常见的,便是紫色。

我养了数年的地雷花,清一色的紫色。在春天的时候,地雷花的种子非常强势,像鬼子姜一样,一顶一小片土都会裂开。当我想起种子的力量这句话时,总是会不由自主联想到地雷花。的确,这个物种的种子的力量很强悍。有一年,我家窗户外面挖暖气管道的时候,把我种的所有的花儿都给埋葬了,建筑的垃圾覆盖足有一尺多厚。我很难过,这一片土地什么也种不成了。意外的是,一株地雷花蓬蓬勃勃地长出来了,而且长得吓人,两个人合围都抱不住。它简直成了花王,成了花仙子了。它不像草本的地雷花,倒更像一棵木本的花树了。经过此地的人,无不惊叹,无不驻足观赏。

不曾想,遇到了一场小小的意外。北京风大,一场大风,把我的地雷花劈成两半了,虽然劈开了,它们却都傲然挺立。我用木棒、砖块、细绳固定、支撑、缠绕,总算保住

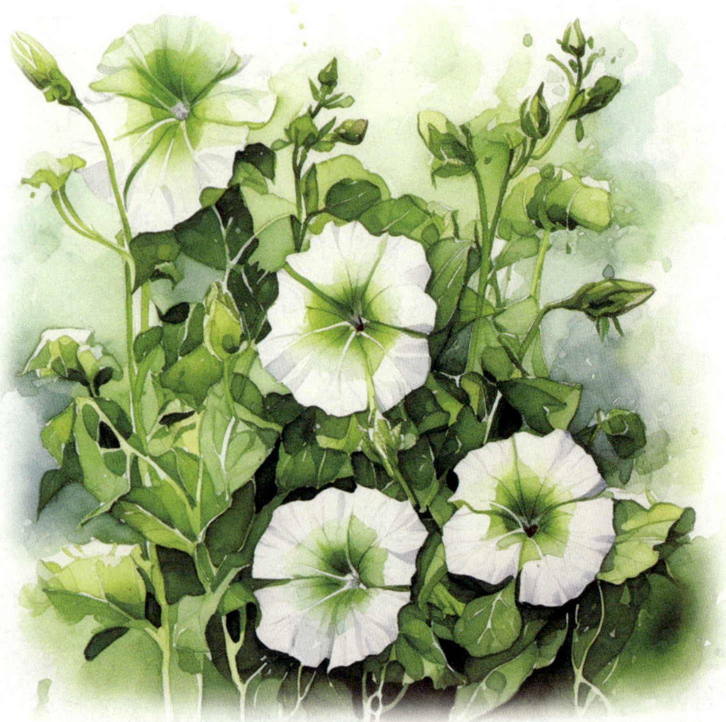

了它的生命。朵朵绽放的花朵,在我的感觉中总像一张张笑脸,就像它们心里充满了快乐一样。有同事问我:"安老师,你为什么总是那么快乐呀?"我说:"哪儿来的那么多烦恼呢?"其实,养花是我快乐的源泉之一,另一个便是书籍了。我从来都不好意思愁眉苦脸地面对我的花花草草,在它们面前,所有的烦恼都是可耻的。

地雷花的根须,一般扎得都不太深,用力一拔,就可以连根拔出来。但我养了几年的那棵地雷花,那根系像我胳膊一样粗。我不知道,它是否会扎得很深。可惜的是,这棵花王一样的地雷花,无缘无故地死掉了。我感叹一声,大自然界的一切,新陈代谢,自然轮回,不必过于忧伤,毕竟,还有新的生命又会脱颖而出。

在社区里散步,发现地雷花还有别的颜色,我特意采集了一些不同色彩的种子。今年种下去,六月开始开花了。有几棵是黄紫相间的颜色,每一朵花瓣上都有两种颜色,摇曳生姿,多姿多彩。令我高兴的是,我专门还为地雷花写过一首诗,做成了精装版的绘本,供孩子们阅读。

我笑着对孩子们说:"以后打仗,就用地雷花的种子,这是童话里的战争!"

孩子们都轰然大笑,我也开心地笑了。也许,普利什文的那句话很对,天堂的模样,就是人间花园的模样。

从夏天到秋天

雨中百草园

六点钟。透过窗户一看,天空灰蒙蒙的,小雨霏霏。

突然,我发现一株凤仙花直挺挺地躺在地上。朝阳的绿色叶子全部翻卷过去,映入眼帘的是银白色的叶子背面。

我一惊,是不是楼上丢什么东西,砸在凤仙花上面了。仔细一看,又不像,因为它的根须都暴露在外面了。虽是心疼,但也忍不住笑了。这家伙,真像一尾鱼,露出了鱼肚白。像是故意撒泼耍赖一样,装死。不管是悲伤也好,悲壮也好,悲催也罢,如不及时抢救,它可就真的和兄弟姐妹们拜拜了。

冒着雨,我拿着铁锹、一些细绳子,冲进了百草园中。

秋天一来,雨水充足,这些花花草草疯狂地生长。紫苏的叶子,地雷花的花枝,差不多遮盖住了我留的小路。

近日来，北京的雨水格外地丰沛。倒伏的不仅仅是这一株凤仙花，还有一些鬼子姜东倒西歪，不少的地雷花也倒伏在地上。一幅悲惨的景象。电影看多了，尤其是战争影片，见到我的花儿们，就想起电影里面溃败的士兵，惨不忍睹。

鬼子姜只留了小小的一片，我的左邻、我的右舍，都瞅着不顺眼，隔三差五就向我建议铲除掉它们。这些长得一层楼高的家伙们，我不知道为何惹左邻右舍那么讨厌。也许，它们长得太疯了吧。大自然的疯狂，大自然的野蛮生长，让人不舒服的原因在哪里？也许，有些恐惧吧。如同人走漆黑的夜路一样，这是莫名的恐惧。也许，人类喜欢控制大自然，喜欢规律有序，一切都在人的掌控之下，才舒心，才有安全感。我之所以不愿意铲除它们，宁可让左邻右舍讨厌，是因为我惦记着远在福建的朋友。她喜欢鬼子姜，我打算等鬼子姜收获之后，给她寄一些呢。虽然这些东西很不值钱，但毕竟是自己种植的，有深深的、浓浓的情意在里面。

连日来的大雨小雨，把土质不好的土壤渗得透透的，鬼子姜根须又不深，所以倒伏非常正常。但它又高又大，一倒伏，就把枝叶全部压在别的花朵上面了。月季、扶桑、勒杜鹃、紫苏，都在它们的威胁之下。好在这些鬼子姜还没有彻底倒在地上，所以，并没有伤到别的花卉。地雷花的倒伏，我倒不在意，它们无论怎样倒地，花朵照样盛开，而且，死不了。前些年，有一株地雷花，长得超级大，几乎三个人合抱，花茎比我胳膊还粗，意外被北京的大风吹劈了，几乎成了两半，但它们照样开得繁星点点，生命力极其顽强。

　　大多数的草本植物，都是一年生的。除了种子孕育新的生命之外，它们原来的根须，又会生长出来小苗。二月兰算是最典型的了。薄荷、藿香、紫苏、地雷花，莫不如此。第二年，只需要间苗就可以了。

　　百草园内的蚊子多不胜数，我一进去，一大群蚊子就欢天喜地向我狂奔而来。似乎，我是来喂养它们了。这些小小的家伙，生命力顽强得令人惊讶。无论多大的雨，都不能把它们消灭干净。而霏霏的小雨，对它们来说，无疑是浪漫的诗歌和音乐。想想多少流行的歌曲，都适合它们此刻的心情呀，它们也喜欢时常漫步在小雨里，它们也有潮湿的心。但它们更喜欢美食吧，这种热情比我们现在的小青年有过之而无不及。我忍不住哈哈大笑，想起自己是它们的大餐自己不笑都不行。我不怕它们，因为我有疗伤的良药：风油精。神奇的风油精，治疗蚊子叮咬后起的小包太管用了，涂上，不出几分钟小包便了无痕迹。不论是

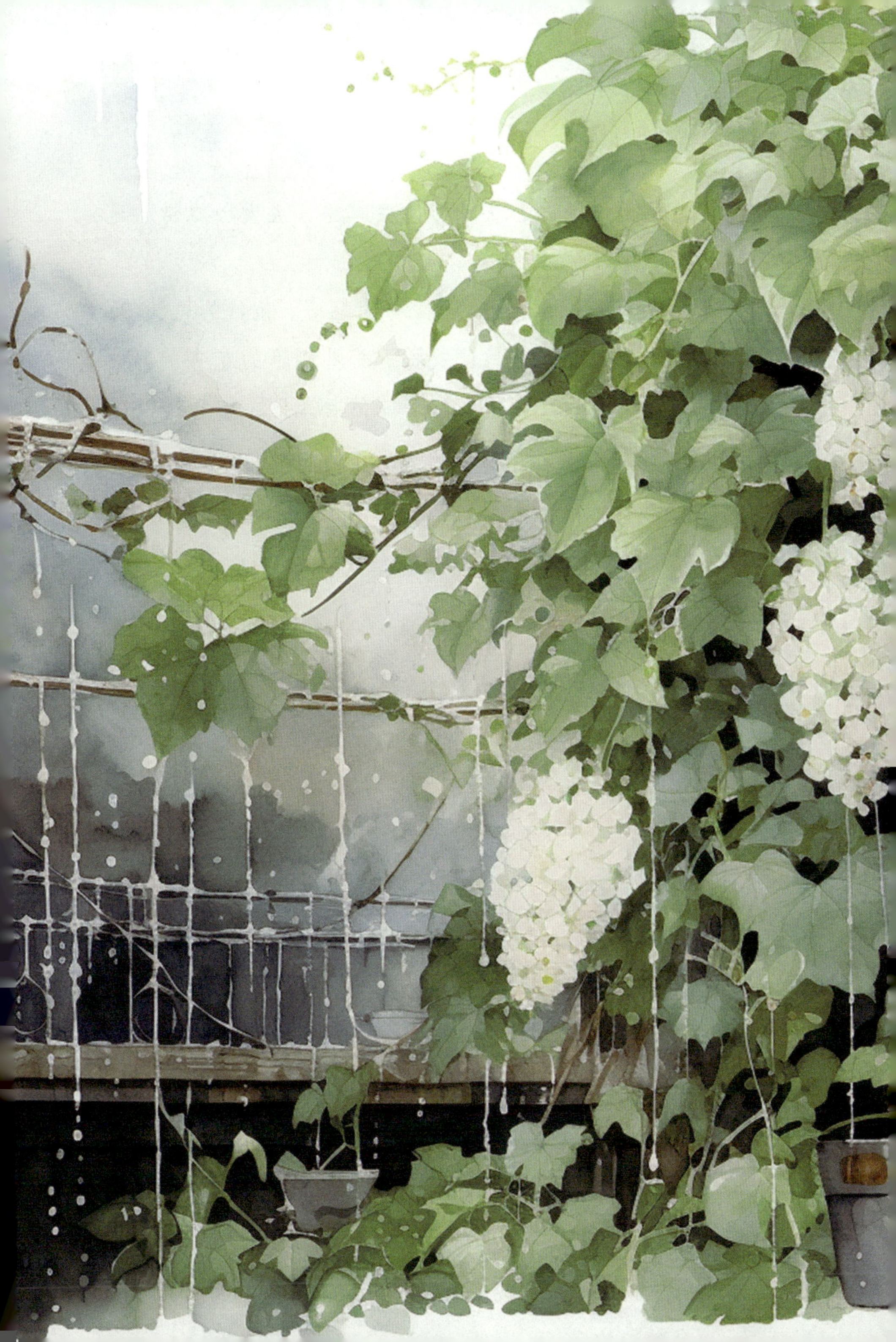

清凉油，还是风油精，去南方，去草原，去大山旅游，这两样东西可是必备的宝贝。

我把鬼子姜用细绳子，一束一束捆好。倒伏的凤仙花，扶正，培土，外加一根竹竿支撑。那些倒下的花卉，都被我扶起来了。突然之间，密密麻麻的百草园，密不透风的百草园，竟然有了开阔的地方。有的花卉，还可以移植，真好。

小雨霏霏，我心欢喜。劳动的喜悦，犹如雨滴清澈晶莹。

三棵石榴树

窗台外面，有三棵石榴树。

一棵是三楼的大哥种的，其实，也不算他种的，他说当年他吃石榴，把石榴籽丢在楼下的绿化带里，没想到，长成了一棵石榴树。从理论上说，又是他种的，只不过是无心之举罢了。一长，很多年过去了，每年都开满树的石榴花，每年都结很大很大的石榴。

我没搬来之前，窗外的公共绿化带，基本上是垃圾场，楼上废弃的垃圾都往下面丢。我住一楼，绿化带又在我家窗外，而我又是一个喜欢种植花花草草的人，所以，我开始种植花卉，这么一来，没有人好意思再往楼下丢垃圾了。根据社区物业规定，或者说默认，一楼住户可以利用自家窗外的绿化带进行种植。所以，我这种合理又合法的爱好开始充分发展。

其余的两棵石榴树,挨得很近,像一对好兄弟。与三楼大哥种的那一棵石榴树正好东西对峙。令我惊奇的是,它们三棵大小都差不多,像是同时种下的一样。这种高度相似的三棵石榴树,引起了我无尽的遐想。但是,这两棵石榴是无主之树,不知道是谁种的。每年石榴开花时节,我心里都会产生极度的舒适感和惬意之感。石榴花太红了,红得像火一样,因为它的周边植物太多,不能更好地施展它火红的魅力。石榴叶子,绿油油地闪着光,恰如其分地演绎了红花绿叶这句成语。

很奇怪的是,三楼大哥种的那棵石榴树,苦涩至极,根本无法食用。明明是甜甜的石榴籽,却种出一棵又苦又涩的石榴树。我诧异,问楼上大哥,他大笑,他也不知道怎么回事。大自然真是神奇。另外两棵石榴树,有一棵是结甜石榴的,但我从来都没有采摘过,任其成熟坠落,或者悬挂在树枝上。遗憾的是,人行道上、栅栏外、社区种的又粗又高的槐树,枝叶太繁茂,太庞大,几乎遮蔽了或者说占据了我窗外绿化带里所有高处的空间,我种植的各种花卉不能充分享受到阳光的照耀。楼上大哥对我说,那棵石榴树,如果你觉得碍事,把它砍伐掉算了,反正那石榴也不能吃。我说,那可不行,我要留着,它的石榴花太

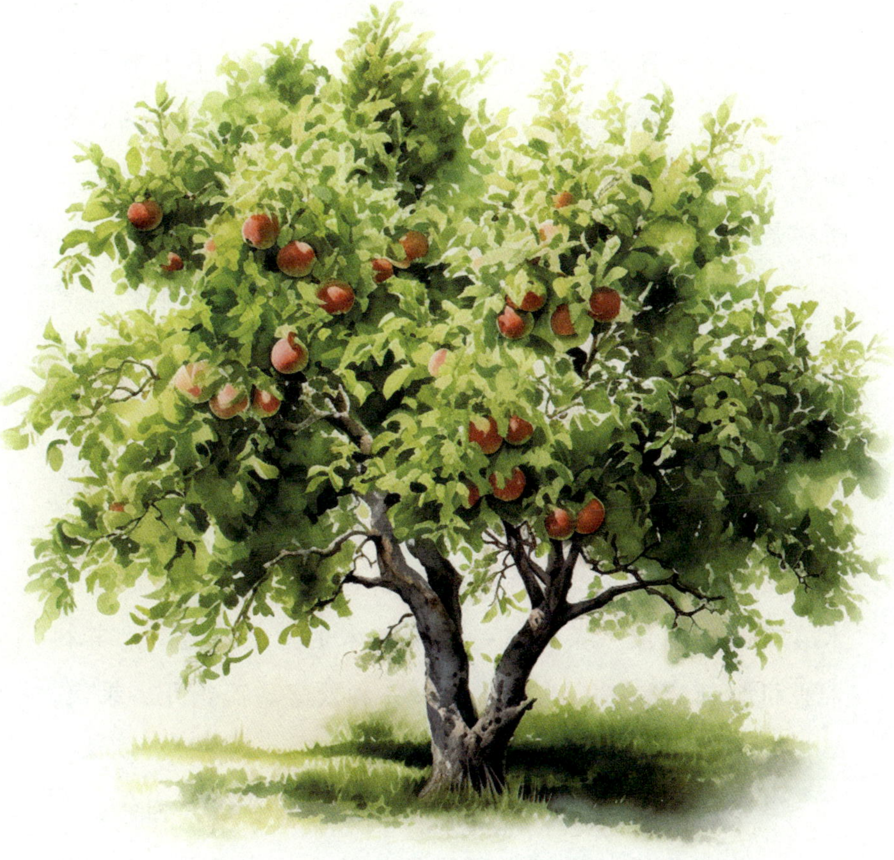

漂亮了。而且，那石榴虽然不能吃，但又圆又大的石榴挂在树枝上，还是挺好看、挺诱人的。

我喜欢石榴花，可能来自童年乡村生活的体验吧。我们乡下，几乎家家都有几分大的院子，村民们喜欢种三两棵树，或者五六棵树。总之，一两棵可以食用的果树，比如说，石榴树、枣树、苹果树、桃树、杏树什么的，但石榴树是极少的。而且，各种食用的果树，都不会超过两棵，这些都是给孩子们留的。他们更喜欢种泡桐树、榆树、香椿树，种这些树的原因很简单，或者容易存活，或者长大可以做木材，或者是为了好看，风景点缀。可以这么说吧，没有一户人家的院子里没有一棵树。乡村的人有朴素的审美意识，这种审美意识又无法用语言表达，如同日出日落一样，没有人从自然科学的角度去诠释它。四季变换，树木衰荣，时间像一条河流一样从树木的身上流过。尤其树木生机勃勃的样子，总是能给人一种欢喜。而花开、果实，给人的又是一种收获的喜悦。

乡下的院子空旷，人们不喜欢把树木种得太拥挤、太密集，他们给每一棵树都留下了从容生长的空间，每一棵树都能充分享受到阳光的照耀。乡下的空气是透明的，天蓝得发亮，白云也轻柔得像棉花一样。这时，石榴树开花的话，那种美真的无法用语言来形容。它就像一幅画，一幅风景的明信片，一团一团小小的火苗在燃烧，空中似乎都有它燃烧时发出的声音。毫无疑问，它给单调而又贫困的乡村生活增加了色彩，增加了美，增加了喜悦和快乐。所有的烦心事，都会一扫而空。大自然太洁净了，人们都羞于愁眉苦脸地面对这盛开的石榴花。

秋天以后，三棵石榴树上结的石榴，大而圆，沉甸甸地悬挂在枝头上。果实累累，把枝条都压弯了。社区的行人经过，无不投去羡慕的一瞥。有一天，楼上的大哥对我说，昨天黄昏的时候，有一个人上你的地里去摘石榴了。我哈哈一笑说，没关系，保证他不会摘第二次了。虽然每年都有人上地里去摘石榴，但我觉得摘过一次的人，绝对不会摘第二次了。毕竟，摘石榴的人都是为了享用它，如果发现它又苦又涩，再去采摘它，只能说明这个人是个蠢货，或者说是神经病了。其实，就我个人而言，这毕竟是公共绿化带的公共之地上长出来的东西，社区的任何人都有权利去享用它。但是，从道德层面说，公共的东西，任何人也无权据为私有。

今年不知道怎么回事，三棵石榴树商量好了似的，一起枯萎了，只剩下光秃秃的枝干了。别人窗前的石榴树都开花了，而我的三棵石榴树，依然毫无动静，以至于让我不胜悲凉地猜测，它们完蛋了，我再也看不到石榴花开的美景了，也看不到大而圆的果实了。也许是我的一片虔诚感动了它们吧，或者它们还眷恋这个美好的世界吧。它们从底部开始发芽，长叶。石榴树上面，也开始长叶子。渐渐地，它们复活了。尽管有几乎一半的枝条都干枯了，但毕竟有很多叶子长出来了。我不知道明年它们会不会开花，会不会结果，也不知道如何处置它们，但另外一份惊喜翩然而至。那攀援而上的凌霄花，在石榴树上开花了。

最初，我种了几株凌霄花，它们匍匐在地上，我支了几根细小的竹竿，让它攀援在竹竿上面。我引导着凌霄花的藤蔓，向石榴树上面攀援。楼上大哥种的那棵石榴树非常有意思，第一年，它们只开了两朵花；第二年，开了七八朵花；第三年，也就是今年，凌霄花直接攀上了石榴树，一个枝头上，有的开的是偶数，有的开的是奇数，不规则。我本人动手能力比较差，不会给凌霄搭花架子，更无法做花廊，因为那样的工程太浩大。社区里有紫藤的花廊，也有凌霄的花廊，的确太费周折，这项巨大的工程是我一个人做不下来的。更何况，我也不愿意破坏社区的整体规划。这倒好，因地制宜，就地取材，长在石榴树上了。这是绝好的花架子。

三棵石榴树，即便它们明年全部枯死的话，我也不会伐掉它们。它们是藤蔓植物绝好的生长平台呀！

苘 麻

　　一株小小的苘麻，从地里冒出来的时候，我并不年轻的心脏很年轻地跳了几下。犹如儿时，在麦地里发现了一株小小的杏树或者桃树一样，惊喜，快乐。

　　看到一些熟悉的植物，总觉得童年不远，故乡不远，村庄不远。岁月的年轮上，到处都留有幸福的小点缀。我不能否认，这些幸福时的标记就是熟悉的植物带来的。它会唤醒记忆，唤醒往事，重视感情的人，都具有这种优良的天性。

　　苘麻，几十年来，我一直不知道它的名字。我的长辈和我童年的伙伴，他们也不知道苘麻的名字。它只是在童年里随处可见的一种植物，或者说是野草而已。不过，我们知道它的果实能吃，那个像齿轮和有着许多齿轮条纹一样的果实，很别致，很独特。当它长到60%的成熟程度，就可以吃了。当完全成熟的时候，它反而不能吃了。

苘麻是野生的，并不是我种的。不知道是哪一阵风吹来的，不知道是哪一只小鸟衔来的。它熟悉而又独特的样子，被我一眼就认出来了。心形的叶子，细密的绒毛，很奇怪，它的绿，从来都不是那种绿得发亮的绿，也不是那种几乎都要泛黑的绿，而是带着一种黄色的绿，从幼年到成熟，始终都是那种绿中泛黄的颜色。也许，它是羞涩的，羞怯的，如我的性格一样。

我从来没有认真观察过任何一种植物，从发芽到结果。自从我在窗外开始种花花草草，我就开始观察植物。目睹一株植物的生长过程是幸福的，这种喜悦来自对生命的膜拜，对大自然的膜拜。是一种难得的体验。其实，这也是一个世界，和人类世界没有什么不同。有时候，我觉得它们比人类更深邃。大自然是一本神奇的书。

苘麻的苘字，我是翻字典才认识的。汉字的博大精深，丰富繁多，学了中文以后才知道。读错一个字，写错一个字，太正常不过的事了，无论你是多大的学问家。我不耻笑他们，而是深深地理解他们。其实，究其一生，有几个人能把汉字认全写全呢？但这不是我们自我原谅的理由，更不是不学的借口。我翻了很多次字典，才深深地记住这个字。

苘麻是安静的，羞怯的，不张扬的。它从不掠夺别的

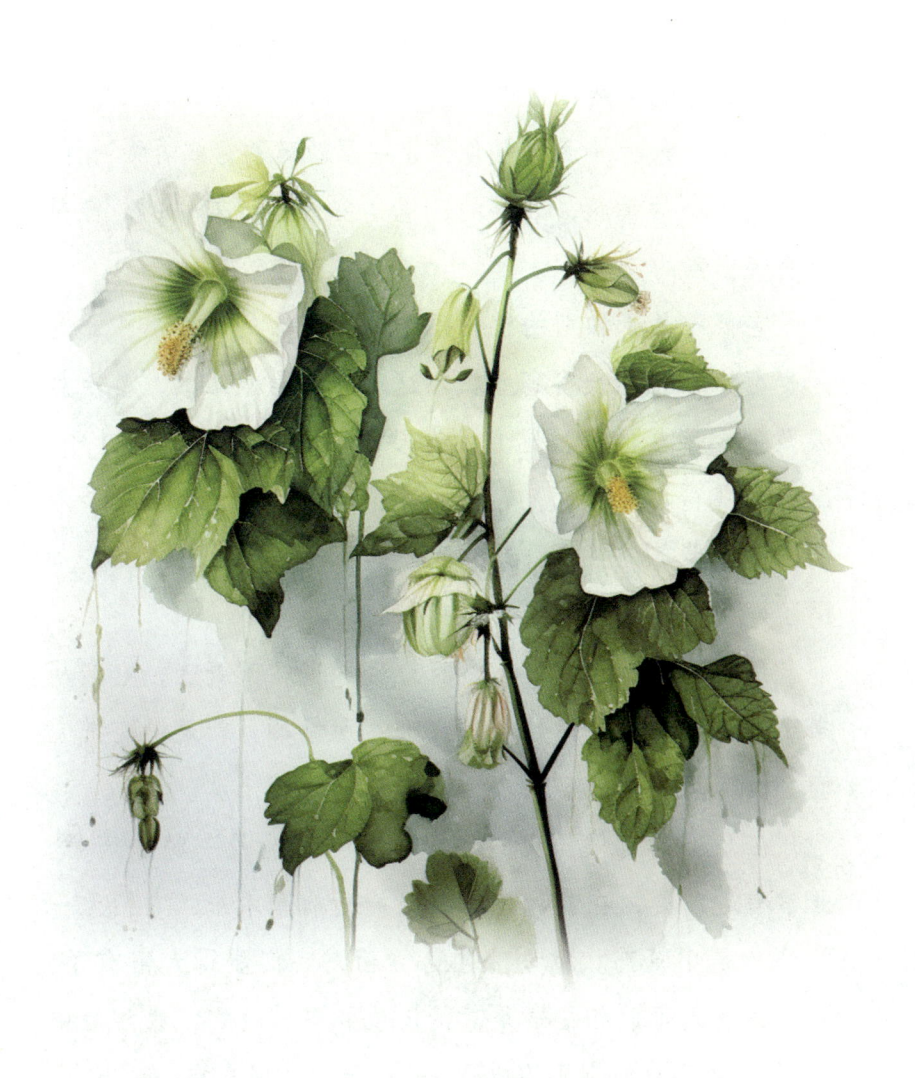

植物的生长空间，就在那里安安静静地生长，没有什么奢求，对土壤和水的要求也不高，不挑剔，很容易存活。那细细的绒毛，像是遮蔽自己的心事一样。只有在强烈的阳光下，才能看见。平时，看到的是像蒙上一层薄薄的雾或者纱一样。

它小小的黄花，五瓣的，也是安静的，羞怯的，像是没有笑出声的笑。

它很不善于和别的植物争抢，在高大的紫苏丛中，它只是努力让自己长得高些。但这份努力是艰难的，甚至是失败的。紫苏的茎，比它的茎要粗壮得多。紫苏的叶子，比它繁茂得多。所以，它只能歪歪斜斜地向上生长。丰沛的雨水，紫苏的挤逼，让它无法笔挺地生长。我扶正，加固了好几次，但它依然歪歪斜斜的。

我并没有为它做什么，因为我知道在田野上，它们从来不需要人为它们做什么。我唯一所做的，就是没有把它们当作野草除掉。

在乡下的时候，我曾经想过，它可能是一种中药材。非常有趣的是，在我认识的有限的所有草木中，它们无一例外地是中草药。也许，在这方面，我们显得太富有了，富有得让人不敢相信这是真的。我相信植物们，我相信中医，但我绝不反对别人的质疑。这个世界不能只有一种声音，不能只有一种色彩，否则，这个丰富多彩的世界就变成单

苘 麻

调乏味的世界了。

令我惊讶的是，苘麻的茎皮纤维是白色的，具有光泽，可以用来编织麻袋、绳索、麻鞋等。我在乡下见到的麻袋、绳索是这种苘麻做的吗？不可思议。事实是，它如同页岩中提取石油一样，劳动的成本太大，而被别的更好的材料取代了。据说，种子可以做油料的，但它不能做食用油，而是工业用油。很明显，我在吃它的果实的时候，那种香味很清淡，它不像紫苏、芝麻那样芳香。植物的特征，在很多方面，都会展现出它的用途。

这株苘麻，齿轮一样的果实，有的已经变黑了，已经成熟了。它歪歪斜斜地长在紫苏们中间，安静地。

我想，明年，我一定给它留一个从容生长的空间。

从夏天到秋天

两盆酢浆草

我养了两盆酢浆草，一盆是酢浆草，另一盆是紫色酢浆草。在没有确定它们是酢浆草之前，我苦苦求证了很久，犹如小学生在计算代数题一样，不断演算，想寻找到它的答案。

最早发现和注意酢浆草，是在一棵石榴树下，在我种的一小片植物地里的石榴树下。它绿盈盈、水灵灵的，像婴儿一般娇弱、娇嫩，带着江南水乡的诗意和湿意。细细的茎，像风扇叶子似的三瓣叶子。我一下子就想到了三叶草，在南方很多地方，三叶草都是作为绿色植被或者庭院的植被来种植的，一大片，生机勃勃，煞是好看。

三叶草，也叫车轴草，开白花的，叫白车轴草。开红花的，叫红车轴草。但是很奇怪，南方的三叶草都是一大片一大片的，我这里只有三五片叶子，枯萎掉一根，又冒出来一根。

两盆酢浆草

看样子，很难大片繁衍。当它开出小红花的时候，我惊讶了，那么小，那么可爱。淡红色，像婴儿的皮肤一样，透过阳光，可以清晰地看见花瓣中间的纹路。但我不知道它是如何繁殖的，因为看起来这花朵似乎结不了果实。花瓣枯萎后，紧紧地包裹在一起，怕冷怕热似的。

有一天，我在石榴树下移栽水红花子的时候，不小心挖出了一棵圆圆的块茎，和小小的野蒜一样，洁白如玉。原来它就是三叶草的种子。我很开心，如获至宝，把这几株三叶草移栽进了花盆里。

冬天快要来临的时候，我去同一社区的花友那里观赏他养的花卉。看看他是不是打算把这些在户外过不了冬的花花草草搬进屋子里去，参观并交流一下经验和心得。我去时，他正在地里忙活，突然，有一盆紫色的花卉引起了我的注意，那是一盆非常显眼的、叶子紫色的花卉，一根茎上长三片叶子，每一个叶子，都像一只展翅的蝴蝶。三瓣的叶子，像是三只蝴蝶在亲密接触，在窃窃私语。我第一次见到，所以非常好奇。

我问花友："这是什么花？"

花友说："酢浆草，红酢浆草！你喜欢的话，我过几天送你一盆！"

我一直很纠结，在查找三叶草的资料的时候，我那一盆

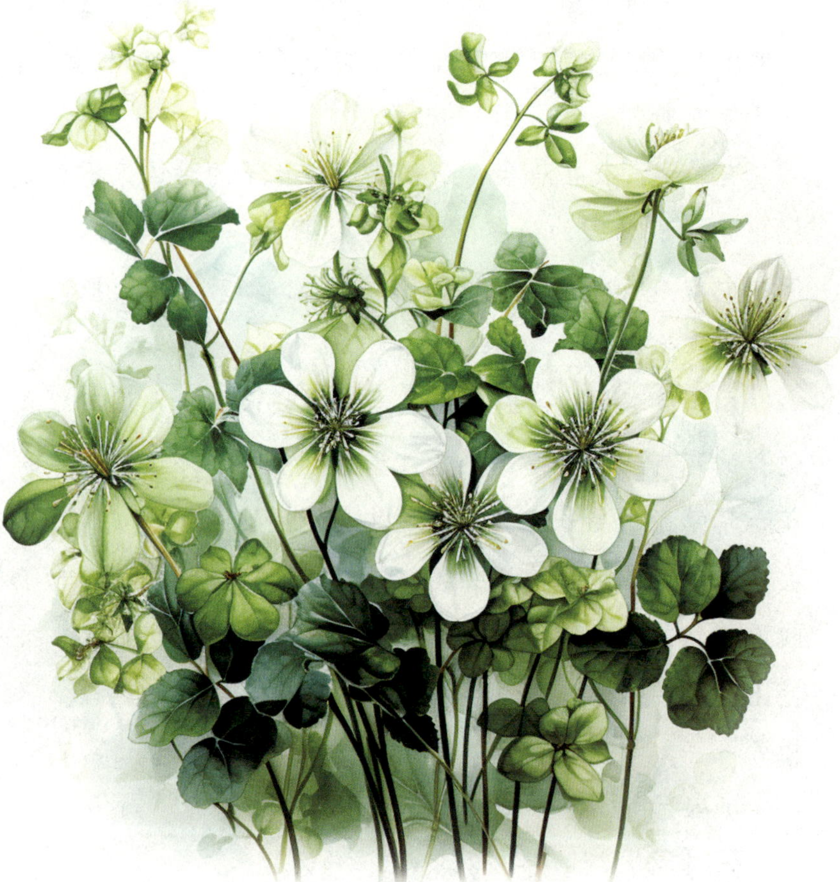

两盆酢浆草

绿色的三叶草，在酢浆草的图片上也出现过。网络上的科普资料，科普知识、图片，都不那么严谨。我很清楚，真正的科普书，也并不是唯一正确的，如果真的按图索骥，很可能想去相千里马结果只找到了一只青蛙。唯一靠谱的,还是实践。

数天后，花友果然送了我一盆。非常遗憾的是，几天之后，花儿全部枯萎了。

一两个月之后，在另一个花盆里，竟然冒出了一枚红色的酢浆草的叶子。我喜出望外，虽然我不知道是不是花友送我的那盆花，但我觉得这不重要。重要的是我终于拥有了一盆红色的酢浆草。

一枚，两枚，三枚，几片叶子冒出来了。一绿一紫，两盆花摆在一起，形成了鲜明的对比，单是它们鲜艳的浓烈的色彩，就足以让我赏心悦目了。但我发现，酢浆草的高度，几乎和三叶草的一样。它们开的花也是一模一样的。只是，三叶草花骨朵多些，酢浆草花骨朵少一些。红色酢浆草看起来亭亭玉立，像蝴蝶振翅欲飞一样，三叶草的叶子则下垂，像是在隐藏什么东西。

经过长时间的对比、分别，我终于可以确定，这两盆花都是酢浆草。一般的人，都容易把三叶草和酢浆草弄混，因为除了红色酢浆草之外，它们的叶子和外形都非常相似。大多数人都容易把二者混淆。如果根据科普知识来了解花期，一般指的是户外种植的花卉，且南方和北方还存着差异。而在室内，在冬天，我的串串红、酢浆草也开花，不能根据书上的来解释。

  朋友问我这叫什么花的时候，我会告诉他是酢浆草。如果他认为是三叶草的话，我也会赞同和附和。因为植物学家们尚且纠缠不清，我为什么要固执己见呢？！

种一点儿菊花吧

周日去淘书,在马路边,又看到了那个在小花园里劳作的大姐。我们住同一个大社区,不同的小社区。她曾经送过我菖蒲、漏斗花、马莲。

隔着铁栅栏,我看见靠近她家窗台前的地里,一大丛浅红的花儿开放着,有点像我种的翠菊,但我不敢确定,因为她的植株比我的要矮得多。

大姐正在除草,看见我正在凝神观望,她微笑着向我打了个招呼。

我提醒她说:"大姐,去年你送过我菖蒲、马莲和漏斗花。"

大姐说:"哎呀,喜欢就好,明年我再送你一些。"

我指着那丛浅红的花儿说:"你那个是翠菊吗?"

大姐说:"是菊花。原来靠在铁栅栏前,因为社区挖管道,我挪了一下,可好活啦!"

我心想,我猜得没错,是翠菊,只是大姐不知道它的名字而已。再说了,菊花的品种极其繁多,犹如月季一样,能叫上名来大不易。

大姐热情地说:"噢,你喜欢吧。你喜欢,我挖几棵给你。正开着呢,好看。"

大姐到菊花丛那边弯腰看了看,空着手又过来了。

她说:"哎呀,实在不好意思啊,菊花上有好多腻虫。这东西传染,会染给你别的花。明年吧,明年我送你。"

我清楚,腻虫这东西,已经密密麻麻地爬满了我种的虎头菊。虎头菊的花苞大,眼下正含苞待放。可是,讨厌的腻虫已经占领了每一棵虎头菊的高地。不知道怎么回事,腻虫只占领最高的几片叶子,也就是说,靠近花蕾的地方。

大姐一片热情,我不好意思说我也种了菊花。我种了翠菊、万寿菊、千头菊,还有一种不知道什么菊,叶子碧绿,也是千头攒动,只是比千头菊花蕾要小得多。千头菊和那种菊花,大概被人视为草吧,种的人不多,且极容易倒伏。虎头菊也是。我想可能是我浇水太多的缘故。

大姐说:"种一点儿菊花吧,现在没有什么花了。"

秋渐深,天渐寒,花儿大多都已经开败了。我种的万

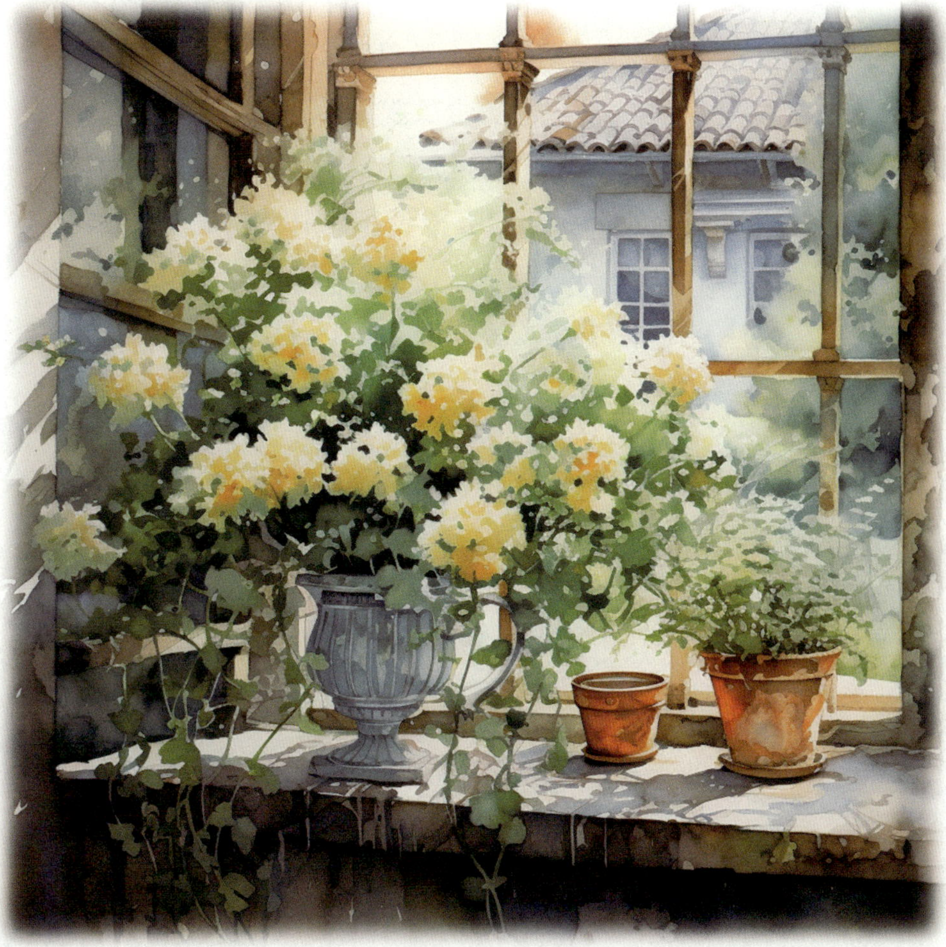

寿菊、翠菊，也是在苦苦支撑着，努力给我绽放一点儿美，但撑不了几天了。

倒是千头菊，金黄一片，金光耀眼。而未开的虎头菊，和那种不知名的菊花，已经露出了金黄色的小花瓣。

大姐所言极是，深秋以后，几乎是菊花的天下。虽然还有零星的花卉绽放，但毕竟有退场时的回光返照之感。不如菊花，正青春，正美艳，正水灵，正鲜润。

侍弄花花草草，和抒写自己的人生一样。不要虚度，不留空白。黑暗之时，给自己添点亮色；艳阳高照之时，给自己弄点绿荫。如此一联想，大姐的话倒有一点哲学的意味了。

种一点儿菊花吧。

在人生失意之时，在遭遇挫折之时，在心灵黯淡无光之时……种一点儿菊花吧。

格桑花开

初见格桑花是在新疆地区,那一大片一大片的格桑花,犹如一张张笑脸,开得格外灿烂。我惊叹,看起来如此柔弱的植物,却长在高原上,不怕阳光,不怕干旱,性格倒是极其顽强。它更像南方的植物,叶子纤细,丝状,犹如小家碧玉一样,颇有风韵。后来,又在陕北秋后看见了格桑花,我很诧异,植物以及花朵都一模一样,只是茎粗壮许多,也高了很多。也许是地理环境差异造成的吧。

今年因为疫情,没有外出做校园活动,有大把大把的时间侍弄自己的花花草草。有一天,我正在地里给花浇水,对面楼上的一位大姐走过来说:"哎哟,你也喜欢养花啊。我送你一些格桑花的种子吧!"我喜出望外,忙表谢意。

这位大姐养了一些格桑花,是在室内的花盆里养的。她表示,格桑花还是在室外养比较适宜。

当她递给我一个纸包,我打开时又吃了一惊。格桑花的种子,和牛蒡的种子是一种类型的,像小小的羽毛一样,轻轻吹一口气,便可以漫天飞扬。我实在不相信,这东西能发芽开花?也许太弱小吧,很容易让人产生疑虑。我培土,挖小沟,把这些种子全部播撒下去。在地上,用小喷壶喷洒点水,保持地面土壤湿润。同时,我还种了翠菊、长寿菊、金盏花,和格桑花的种子同期播下去。

一个星期以后,格桑花顶破土层,露出了小小的两片叶子。细长的,嫩绿色,对称生长。谢天谢地,它们像初生的婴儿一样,似乎渴望着拥抱太阳,拥抱风。既然格桑花长出来了,我对它就格外关注起来,在网上查询它的资料。网络真是个好东西,不少养花人还自己制作视频,教别人如何养花。但我发现,格桑花是一种争论比较大的花卉。电影、歌曲、画报所说的格桑花,就是我种的这一种,也称秋英、波斯菊。我在新疆和陕北见到的,都是波斯菊。也难怪,它是菊科的,我第一次看到它的时候,觉得它的花瓣和野菊花非常相似。尽管争议众多,传说众多,但大多数人还是倾向把波斯菊当作格桑花。其实,我并不知道格桑花是什么意思,原来格桑花是一句藏语,叫格桑梅朵,

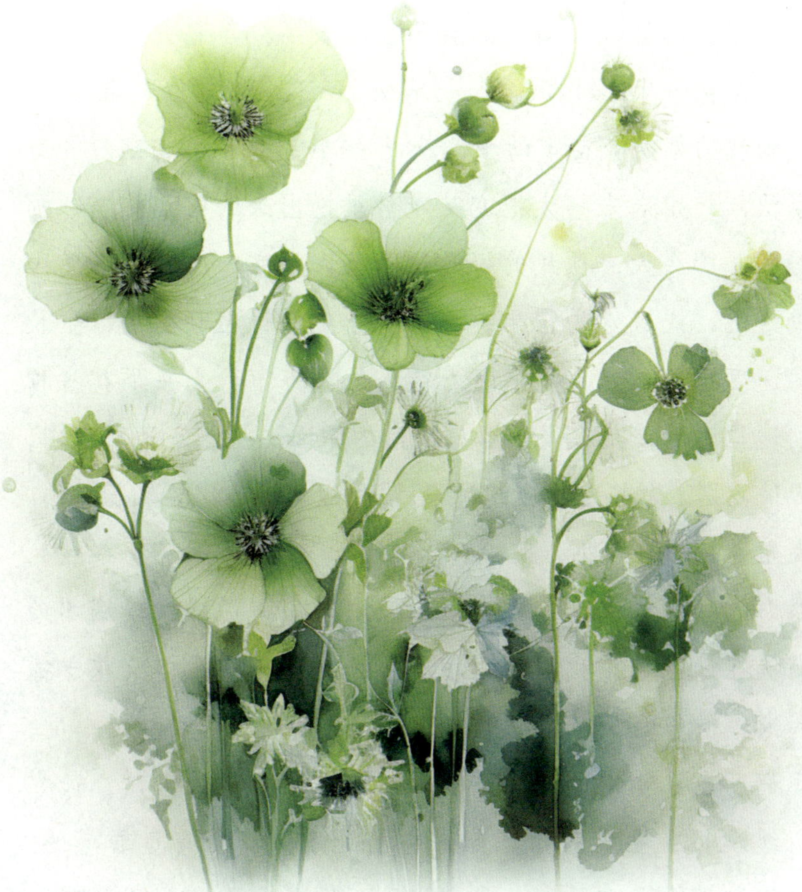

格桑是幸福之意，梅朵指花。

　　格桑花的生长速度极其缓慢，令人焦虑。它弱不禁风的样子，总让我忧虑，它会不会不长了？当它中间冒出小小的丝状的叶片时，我才长长地松了一口气。那位大姐散步，看到我的格桑花苗很幼小，就说："我送你一些苗吧！"好家伙，大姐送来一大把它从花盆里挖出来的格桑花苗，那么高，那么大，顶我的好几倍。也许是室内养花，温度比较好吧，或者她种得早，总比室外要显得粗壮高大，生长的速度也快。这也是很多养花人从花卉市场上买下花卉种到地里之后，花卉很不容易成活的原因之一。室外和室内，天地之别。尤其是适应的过程，缓和醒的过程需要好长时间。大姐送我的格桑花，又一次让我得到了验证。

　　这些格桑花移植之后，都像中风瘫痪一样，软塌塌地倒伏在地上了。我用一根根小木棒，把倒伏的格桑花支撑起来。很多天，它们都像是昏迷一样，纹丝不动。有一度，我都产生了懊悔的心理，真不应该接受大姐的馈赠，让它们继续长在盆里好了。如果它们死了，我会有负罪感的。植物和动物没有区别，我视植物如同养猫狗宠物的动物一样，他们痛失宠物的心情和我是一样的。毕竟，格桑花这种植物，在我们社区以及别的地方，还很少见，或者说几乎没见过。

慢慢地,这些格桑花依赖自身的力量,能够挺立起来了。它们和我播种的花朵,就像是哥哥姐姐与弟弟妹妹一样,大小差别很大。这种弱不禁风的植物,令我惊喜的是,它抗风能力超强。北京风大,隔三差五,就能看到大风来临的预报,每一次大风之后,我都迫不及待地去看它们有没有被大风折断。我想它纤细的丝状叶片,就是用来对付大风的吧。在高原上,风更大,但我们极少能看到格桑花被大风吹折的现象。需要注意的是,格桑花的茎很柔软,也不容易折断。它自身得天独厚的构造,能够适应恶劣的生长环境。尽管说格桑花耐旱,我还坚持让它每天保持湿润。

终于,我播种的和移栽的格桑花长得一样高了。如不细致观察,根本区别不出哪一株是播种的,哪一株是移栽的。如果一个人参与并密切关注它的整个生长过程,这种极其细微的差别还是能够分辨出来的。如同野生的和人工播种的植物之间的差别一样。毕竟,在室外生长的植物是顽强的、自然的、不拘一格的,而在室内生长的植物,它娇气的痕迹无论如何都无法彻底消除掉。

格桑花开始冒出花苞了,像小小的拳头一样,像刚刚结出来的青杏一样。它是扁圆形的,与叶子的颜色悬殊很大。叶子是淡绿的,革状。而花苞的层层包裹,则闪闪发亮,像上了一层釉一样。绿中泛白,白里夹紫。除了顶端的中心位置冒出花苞之外，最上面的两片叶子，也各冒出一个花苞。花朵是顶生和腋生。当它开出花的时候，我仔细数了一下，均是八瓣。经过初期的间苗，格桑花株与株之间保持着一点小小的距离，我发现完全是不必要的，应该更密集一点儿，它们之间几乎不产生空间和阳光的争夺战，互不影响。很有意思的是，顶端的花朵，冲天开放，像一个小小的碟子一样，把自己完全呈献给蓝天和阳光。其余的花瓣，每天都会在不同的时间稍稍改变一下方向。可能它是向阳的植物吧，喜欢围绕着太阳旋转。我种植的格桑花，是一个U形的小沟。若非让想象力飞一会儿，很难将它与大片大片繁茂的格桑花给人带来的震撼与惊喜联系起来。

  格桑花的花期不长，只有三两天，尽管如此，它还是在尽情绽放。它开花的顺序是由上向下开。腋生的花茎细长细长的，很容易让人想起长颈鹿的脖子。格桑花很轻盈，看起来没有任何重量。好像，它随时都会腾空而去。这种花生长在高原上，的确会给空阔的原野增加灵气，增加飘逸之气。也难怪，它被称之为幸福之花、完美之花、盛世之花。

  朋友喜欢，我送了他一盆。我还盆栽了三盆，两盆是单株的，一盆有五六株。本想送单株的，单株长得好，花盆好，但显得单薄、小气。所以，把多株的那一盆格桑花送给了朋友。他是作家，除了美好的祝福之外，还希望能带给他一点儿灵感。

　　枯萎的格桑花，里面开始结籽了。细长形的，绿中发青的种子，倒像鬼针草的种子一样。似乎，还要开一次。

　　格桑花开着，翠菊、长寿菊、金盏花长着。格桑花完全凋谢的时候，别的花也快开放了吧？赶趟儿这个词用得太美妙，花朵们就是这样竞相开放的。我很庆幸，经历了格桑花从播种到开花的整个过程，这是一种美妙的体验。

从夏天到秋天

菖蒲养成记

去淘书，经过路边的一幢家属楼时，看见一个大姐正在地里种花养草。因住一楼，窗前的绿化带被她侍弄成了一个私家小花园。这是一种便利。花园里种满了各种各样的植物。牡丹、芍药、二月兰、菊花，还有一些我不认识的植物。我心生敬意，觉得这位大姐真是一个勤快人，养的花草格外壮硕、茂盛、生机勃勃。

我情不自禁，脱口而出："你养的花真好啊！"

大姐闻声停止劳作，对我露出了一个灿烂的微笑。她问："你也喜欢养花吗？"我说："是的。"她热情地说："我送你几棵。"仅此几句，我就觉得大姐是一个爽朗的人，慷慨的人，心里充满阳光的人。人生一世，会遇到形形色色的人，最有感染力、最不用刻意识别、最不消耗时间和精力的人，便是这位大姐这一类型的人。

我正在恍惚、胡思乱想的当儿,大姐已经挖好了几株植物,装在一个塑料袋里,递了过来。泥土沉甸甸的,有好几斤重,看着眼熟,但我记不得它是什么植物,反正见过。

大姐说:"这是菖蒲!"

菖蒲我是见过的,在江南水乡,它是很常见的一种植物。有的地方管它叫水烛。这个名字很形象,意思是像水里的蜡烛一样,细长的叶子像烛台,而那含苞待放的一刻,圆鼓鼓的花苞很像燃烧的烛光火。也像书法家笔下的毛笔头。菖蒲是一味中药,有毒性。如果谈起植物的文化,那就丰富多了,如同艾蒿一样,它是传说中的辟邪之物。

我最初见菖蒲,觉得它和鸢尾花长得非常相似。后来才知道,菖蒲原来和鸢尾花是同一科同一属的。原产于欧洲。

因为大姐非常厚道,给菖蒲带了一大堆土,所以,种起来很容易。刨个小坑,就把它埋了下去。大约刚刚春天之故,菖蒲叶子上面还有一个干枯的部分,残留着去年冬天的痕迹。菖蒲短而粗,记得大姐说可以分株种,但我不敢分得太开,唯恐伤了它的根须。我将它们挨着种了下去,菖蒲总共的距离只有一尺。

菖蒲是喜欢湿润和水的,我几乎每天都要浇水。不久,菖蒲就变成了另一个样子。干枯的叶子不见了(并非我弄

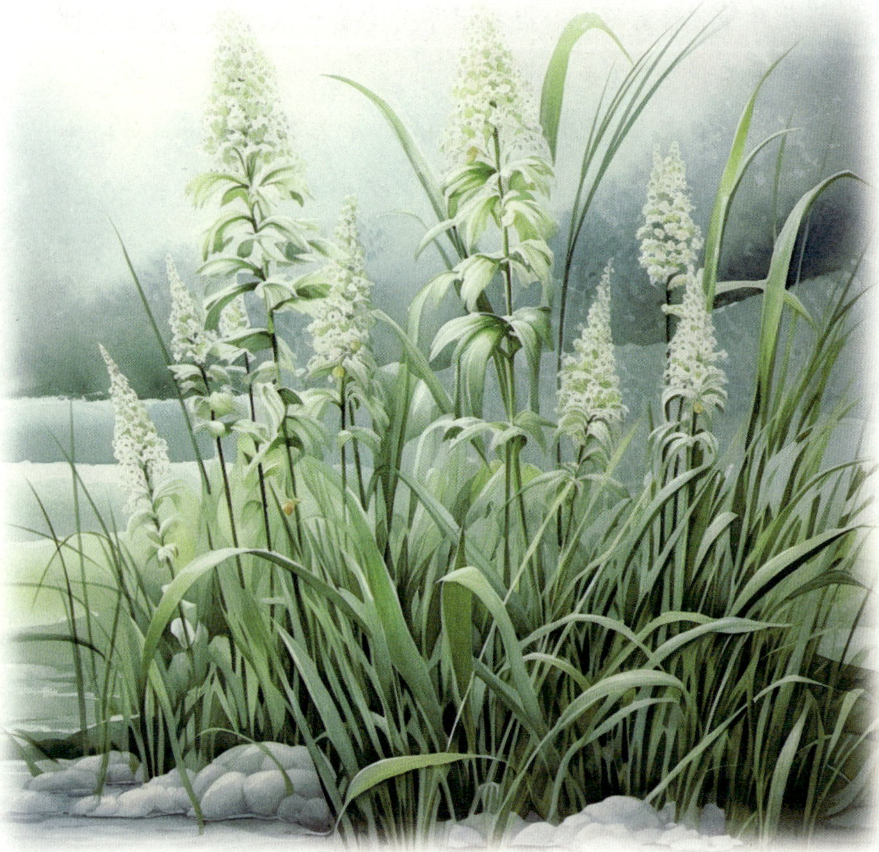

掉的），它的叶子长成了长剑形的，细长，而且，叶子上面像是镀了一层层银粉，看起来细腻、光滑，让人产生想抚摸它的感觉。看到菖蒲的样子，我忍不住想笑，原因是，我觉得最初它像个毛毛糙糙的小伙子，现在却长成了亭亭玉立的大姑娘。这种对比，反差很大。

菖蒲的叶子是很扁的，当它从叶子中间冒出一只花骨朵的时候，我觉得好奇怪，花骨朵也是扁的。只是，我还看不出来菖蒲的花朵是什么颜色的。过了三四天，花苞变成圆的了，里面的颜色也隐约可见：黄色的。这种菖蒲也被称为黄菖蒲。

一株菖蒲终于开花了，另一株含苞待放。菖蒲的花朵，和鸢尾花极其相似。叶子不仅像，花朵也很像。大千世界，真是神奇。植物和人类何其相似，血缘这东西，在植物界大约也是很重要的吧。

种几株黄菖蒲在窗前，似乎把江南的一片美景也种在这里了。那水，那蛙鸣，那美不胜收的风景，都会在枕头的码头上靠岸，缓缓走进我的梦乡。

最后的桃花

斜对面楼前的一棵桃树,轰然倒下。

我是在第二天清晨发现的,也许,在昨夜,这株碗口那么粗的桃树是被风吹倒的。春天的北京,风大,这倒是一个很好的例子。

十多年来,每年的春天,我都习惯于从这株树上感受春天的气息,观察春天的美丽。桃树,从一楼,一直长到了二楼。二楼一开窗户,便会与盛开的桃花撞个满怀。这份惊喜,恐怕从此就变成永恒的回忆了。

桃花开得正繁盛。一树的桃花,像乱舞的雪片,美不胜收。

我像一只受了惊吓的野兽,不停地围着这株桃树转圈。好像被更凶猛的野兽夺走了食物,不知如何是好。既绝望,

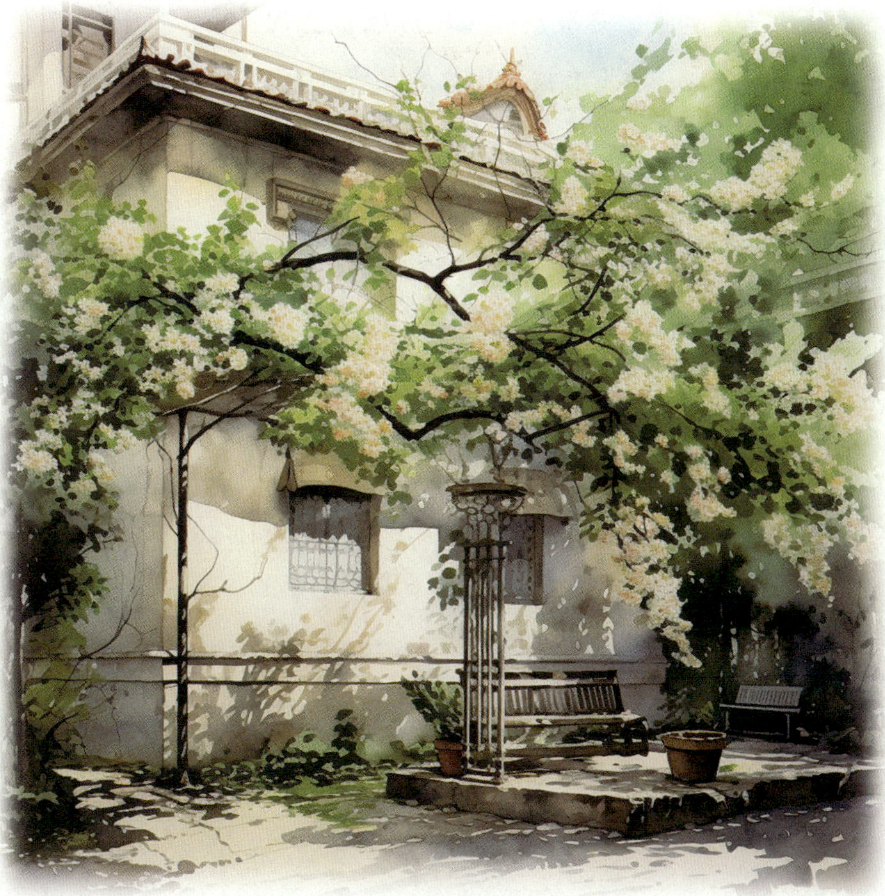

又悲伤。

一棵长得如此壮实的桃树，怎么会倒下呢？我百思不得其解。也许，是被伐掉了吧？但桃树的周围，既没有被挖掘的痕迹，也没有被砍伐的蛛丝马迹。

一个小小的圆坑，仅比树大那么一点点。因为隔着栅栏，我无法走到跟前，但我已经获得了准确的信息。它应该是被风吹倒的。那翘起的树根，黑褐色的树皮，很醒目。

这株桃树没有坚实的主根，只有几个像手指头那么细的须根支撑着整棵树。也难怪，摇晃几下，树就被折断了。

人们之所以讴歌树根，不是没有道理的。一棵树，无论长得多么粗，多么高，花朵开得多么美，如果树根扎得不牢固，那么一定会在中途夭折，在不该夭折的时候夭折。

道理我明白，人人都明白，但我还是止不住忧伤。

一树盛开的桃花横卧着，像是在和人世告别，和这个世界告别。虽然含笑，但依依不舍的悲戚难以掩饰。

太阳，似乎正在念着长长的悼词。风吹过，"沙沙"的声音像是小小的哽咽……

辘轳井

"去绞一桶水吧！"

爷爷饱经沧桑的、浑浊的、略带沙哑的声音响起来，我总是一跃而起，兴奋地拎起水桶，向辘轳井走去。

我始终不明白，故乡方言中那种不可思议的神秘的力量，是如何存在的。犹如野生的植物一样，它茂盛地生长着。我们使用"绞水"二字，而不使用吊水、钓水、摇水、打水这样更容易被理解的字眼。乡音真像一张通行证，可以直接把你带入熟悉的亲切的环境之中。

我兴奋，原因有两个，一个是爷爷年事已高，不再阻止我去井边，而我也可以在这个家庭中尽一份自己的责任和力量。另一个是，辘轳井在我的眼里是神秘的，犹如那些大人讲的有鼻子有眼的鬼神故事一样，我惊我怕但我又渴望去聆听。毕竟，童年的时期，渴望探究许多秘密的欲望是十分强烈的。

辘轳井打我记事起，就一直在窑洞的南面。出门一拐，就是草厦。草厦的南面，是我们和邻居家的界墙，一尺多厚的土砌成的。以界墙为重心点，东面和北面，各砌一堵墙，砌成房子的形状。北面开着一扇窗户和一个门。西面是空的，正对窑洞南面的窗户。东面的墙外，是猪圈。猪圈和草厦的墙角上，长着一棵高大粗壮的疤疤树，比土围子的城墙还要高出许多。我们家的窑洞就建在土围子城墙的里面。

草厦里面的墙，是用白灰粉刷过的。草厦是用来存放杂物的，也是夏天做饭和炸麻花的地方。因为这里通风效果很好。辘轳井，就在草厦的西面，刚好被屋顶上的瓦遮住，雨和雪都无法落进井里，保持了井水的干净。

辘轳井的井架是嵌在两块巨石中间的，因为石头全被泥土砌好后包裹起来了，从外面看不出它的真实形状。辘轳井的井轴是插在巨石中间的。然后是圆圆的木头辘轳，辘轳上面缠绕着绳子，以及一个弯曲的摇把。在我的印象中，它像一个可怕的巨兽，平时沉默寡言，像是有无尽的心思；只有摇动它的时候，它才发出"咕噜咕噜吱呀吱呀"的叫声。在没有得到爷爷的允许之前，我只能远远地望着它，因为我还没有能力制服它，或者说还没有足够的体力驾驭它，它就是危险的。

　　我不仅对辘轳本身感兴趣——更有诱惑力的是那眼井——而且井的深不可测更具有神秘感和恐惧感，阳光很好的时候，隐约可见的是井壁上湿漉漉的湿意和绿茸茸的青苔，如果不是井边石头阻断它们和地面上的土壤的联系的话，我相信那青苔和湿意会蔓延上来。天阴的时候，井里面黑咕隆咚的，阴影重重，挺吓人。这只是一种童年早期的感觉，其实，辘轳井只有十几米深。从小，我对数字就没什么感觉，很迟钝，只是觉得辘轳上面被缠了一圈一圈的绳子很长。

　　大多时候，是爷爷绞水。天冷的时候，尤其是冬天，爷爷会在屋里准备一个大水缸，把水一桶一桶倒进水缸里。给奶奶做饭提供了很大的便利，奶奶是小脚妇女，过去也是养尊处优，听说是阎锡山一个军官，还是一个大地主家的太太，不知道她丈夫是战死了还是被镇压了，她带着我母亲嫁给了我爷爷。我爷爷原来是有一个太太的，因为得了肺结核早早去世了，所以我爷爷和奶奶都算是第二次婚姻。爷爷和奶奶对他们的过去守口如瓶，我对他们的过去几乎是一无所知。但我奶奶的皮肤、容貌、标准的三寸金莲、爱干净爱整洁的习惯，说明她年轻的时候的确长得很漂亮，也不是普通家庭的环境下长大的。一个人的气质是无法掩盖的，无论他沦落到何等悲惨的境地。但奶奶的含辛茹苦，勤劳忙碌，使人很容易忘记她的过去，与其说是生活改变了她，不如说是她贤良的品德使然。有了水缸里的水，奶奶足不出户就可以洗菜做饭了。如果让奶奶去绞水，那真的是一种罪过。

壮实的爷爷，基本是我童年崇拜的对象。他的拳头像碗一样大，胳膊像碗一样粗。满满当当的一桶水，在他的手里，就像提了一块豆腐一样轻松自如。每一次绞水，井口边滴水不洒。最令我羡慕的是，他用一只手转动辘轳把，把水轻轻松松就打上来了。在放空桶的时候，他的一只手摁在飞速转动的辘轳上，像汽车的刹车一样，估摸着空桶快到井里了，他的手稍一用力，辘轳就停止了转动，然后轻轻转一两圈摇把，把空桶放进水里。那个时候，辘轳发出的声音很好听，像是青蛙在欢快地唱歌：呱呱呱呱。

我第一次绞水的时候很紧张。我的胳膊还不够长，辘轳井的摇把划出的圆弧，差不多要让我的手臂举到头顶才行。一桶水，分量可不轻，尤其是把水桶垂直摇上地面以后，需要一只手扶着摇把，另一只手快速抓住水桶上的铁丝，用力往怀里带，然后再轻轻放在地上，解开挂钩。那一刻，一桶水的重量全在一只手上。第一次绞水，因为慌张，水桶摇晃了几下，桶里的水洒了出来。夏天还好，不多久洒

辘轳井

出来的水很快就会蒸发,冬天比较麻烦,洒出来的水会结冰。而在井边结冰的水,都是我洒出来的。爷爷只是柔声细语地嘱咐我:"稳当一点儿。"他很心疼和体谅体弱多病的我,几乎很少大声责备。

辘轳井里的水,是泉水。清澈,甜美。好像深山里看到的泉水一样。我觉得很奇怪,感觉它源源不断,从不枯竭一样。爷爷喜欢喝冷水,无论是冬天还是夏天,他舀上一碗水,"咕嘟咕嘟"几大口就把一碗水喝干净了。尤其是刚刚打上来的水。我小时候也喜欢喝冷水,这个不好的习惯肯定是受爷爷影响所致。如果有人要和爷爷说喝冷水卫生习惯不好,估计爷爷眼睛朝天,都懒得搭理你。老百姓认准的真理,和知识无关,和科学无关,犹如方言的内涵一样。

有一次,我刚刚绞上一桶水,正准备用一只手往怀里带,突然听到爷爷在我身后说话:"别放别放!"我赶紧用两只手固定住摇把,让水桶悬在空中,转身看爷爷要做什么。只见他拿着一只空碗,从水桶里舀了一碗水之后说:"好了,放下吧!"爷爷"咕嘟咕嘟"一口气把一碗水全灌进肚子里,惬意地用手抹了抹嘴角。我不解其意,问爷爷,爷爷说:"这叫不挨(来音)根(地面的意思)的水!"好家伙,这个太讲究了,不染一丝尘埃,恐怕李时珍的《本草纲目》里有记载吧。如果用我们的传统文化去诠释，爷爷这一异乎寻常的举动包含的意义多了去了。爷爷是个手艺人，走南闯北，见多识广，真不知道他的许多带有常识和经验性的习惯从何而来。比如说，爷爷喜欢用刚绞上来的冷水冲泡鸡蛋，用筷子搅成蛋花，一口气就冲服了下去。他说，这个败火。我始终没有接受这个习惯，也没有去求证。

也许是辘轳井里的泉水取之不尽、用之不竭的缘故吧，我从来没有觉得水有什么珍贵的。拥有方便、廉价、丰富的东西，很难让人产生幸福感。自从我去过深山里的亲戚家之后，一切都变了。我跟着舅舅，沿着几里崎岖起伏的山路，去山溪里打水。山里就舅舅一家人，在山谷对面的那座山上，才有几户人家。舅舅挑着扁担，挂两只大号的水桶，我跟在后面，山里的寂静，让我毛骨悚然。偶尔，路上跑过一只蜥蜴，吓我一跳。只有水桶在挂钩上发出的金属摩擦声，以及沉重的脚步声，在山路上响着。一路无言，我和舅舅各想着各的心事。不知道一只什么动物一闪而过，可能是野猫吧，跟在舅舅背后的狗狂叫一声，闪电一样追了过去。舅舅在山溪里灌满水，我说："等等咱家的狗吧。"舅舅说："不用等，它自己知道路。"舅舅挑着满满的两桶水往家返了。来时一路下坡，回去时一路上坡。舅舅挑着扁担，颤悠着，额头上冒出了细密的汗珠。阳光很强

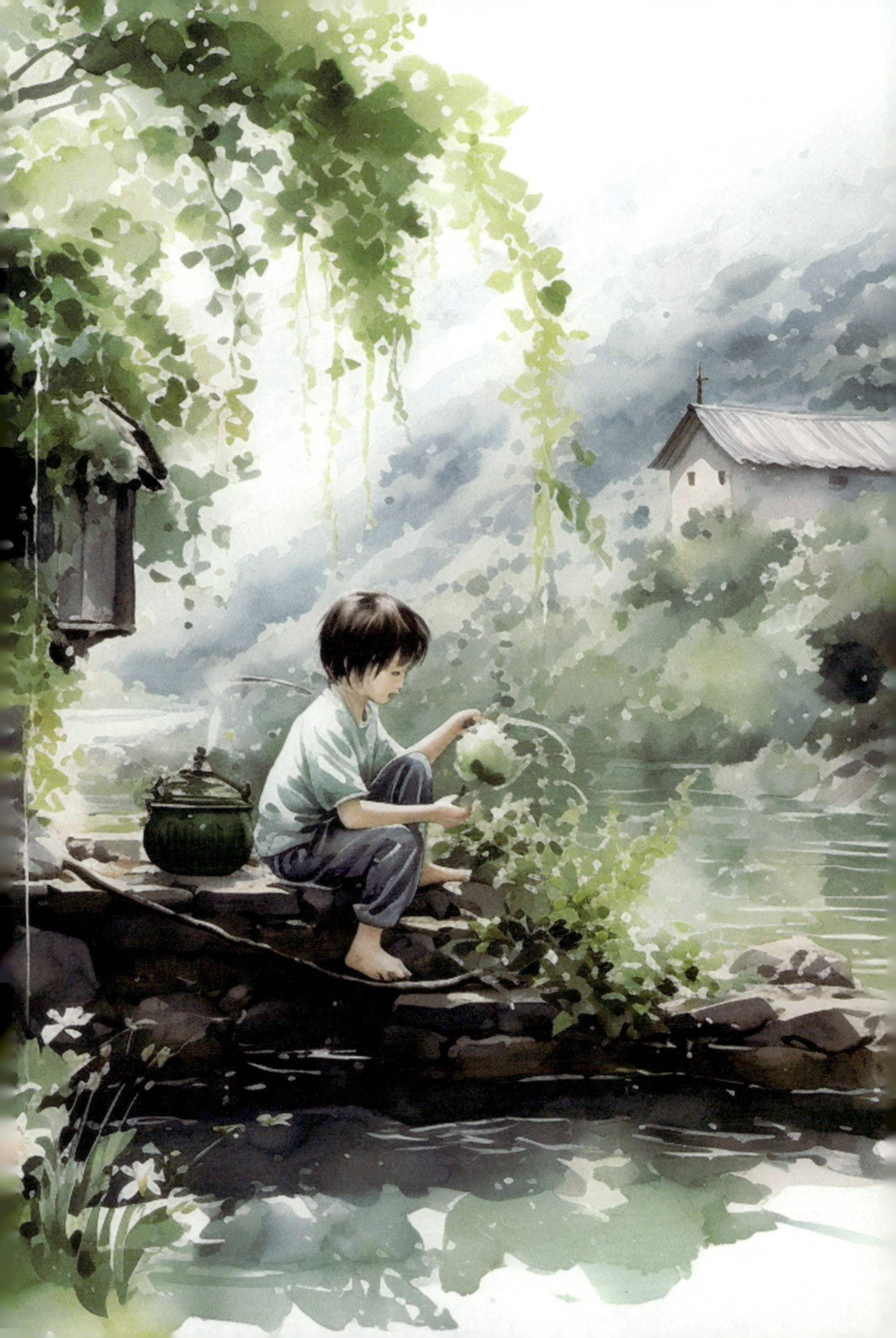

烈。看得出来，舅舅很用力，这一担水的分量可不轻。回家，倒在水缸里，那水缸比我家的水缸大一倍还不止。如果灌满，一天要往返许多趟。突然之间，我对家里的辘轳井产生了强烈的幸福之感。这种幸福感来源于强烈反差的对比。这件事对我的人生有很多重要的启示意义。无论多么糟糕的处境，都比不过当初的艰难。这种积极意义上的对比，让我始终能够仰望阳光。

那一年大旱，村里深井的电动马达夜以继日地转动，解决村民的浇地问题。地下水位急剧下降。我们家的辘轳井第一次出现了危机，几乎绞不上水来了。第一次，父亲下辘轳井里去淘水。我和爷爷站在上面，父亲喝了不少白酒，井底寒气重。我打着手电往井里照，父亲提着一盏马灯在井底。第一次，我看到井底了。井底里的水几乎干涸了，只有雨后的积水那么一点点。此时，我才明白辘轳井里的泉水并非取之不尽。以前，春节贴春联的时候，总要在井架上贴一个小小的春联，如川流不息什么的。那是一种幸福的炫耀、满足。自从父亲淘过一次井之后，再给辘轳井贴春联，心里忐忑，就像祈祷一样，希望它经久不息，绵绵不绝。

柏油路铺到村里，造纸厂建立了，我们的生活欣欣向荣，似乎一天比一天幸福。但是，辘轳井却永远干涸了。后来，家家户户都装上了自来水管。一拧,水"哗哗"就流出来了。但是,那水,似乎没有以前那么清澈了;那水,似乎没有以前那么甜了。随着爷爷奶奶和母亲离世,窑洞也轰然坍塌了,整个院子都成了一片废墟。

　　站在一片废墟之上,茫然,感伤。我望着辘轳井的所在地,耳边似乎又响了爷爷饱经沧桑的、浑浊的、略带沙哑的声音:"去绞一桶水吧!"

夏天就那样悄悄地过去了,童年也就那样悄悄地过去了。但那种微苦的味道,芬芳的味道,像青涩的时光一样,令人怀念。